SEGREDOS

SEGB

ELIANA MARTINS

MELHORAMENTOS

SUMÁRIO

1. **SUPERSECRETO** | 8
2. **BOMBOM DE LICOR** | 14
3. **TENTANDO ENTENDER** | 20
4. **DE MÃE PARA FILHA** | 26
5. **A HISTÓRIA DO PÉ QUEBRADO** | 32
6. **ACIDENTE NA COZINHA** | 38
7. **A RESPOSTA DE CLAUDINHO** | 46
8. **O ENCONTRO** | 52
9. **A FESTA DE ZACA** | 60
10. **DOMINGO CINZENTO** | 70
11. **SEMANA DAS PROFISSÕES** | 78
12. **O DIA SEGUINTE** | 86

Para minha tia Vicentina (Tina),
que me mostrou o caminho dos livros.

ELIANA MARTINS

1

SUPERSECRETO

SEGUNDA-FEIRA

ERA SEMANA DE PROVAS. Naquela manhã, Nanda teria prova de matemática. Ao contrário das amigas, ela ia bem nessa matéria.

Ao chegar ao colégio, Cíntia já a esperava.

– Amiga, tô tão nervosa! Essa matemática ainda vai acabar comigo.

– Fica fria e relaxa. Vai dar tudo certo – animou-a Nanda.

– Você diz isso porque vai bem pra burro nessa matéria – retrucou Cíntia.

O sinal para o início das aulas tocou justamente quando Angélica chegava.

As três eram amigas inseparáveis. Estudavam juntas desde a educação infantil; e ali estavam, com 12 anos, cursando o sétimo ano do ensino fundamental. Descobrindo novas coisas, desbravando novos caminhos.

– E aí, Nanda, alguma novidade sobre aquilo? – perguntou Angélica.

Nanda fez que não com a cabeça.

– Aquilo o quê? – quis saber Cíntia.

Nanda colocou o dedo na boca, em sinal de silêncio. Tinham acabado de entrar na sala de aula.

– No intervalo te conto – disse para Cíntia.

Assim foi. No intervalo das aulas, as três amigas se reuniram em um canto do pátio.

– O "aquilo" que a Angélica disse é o Claudinho – contou Nanda.

– O Claudinho? Aquele do oitavo? – espantou-se Cíntia.

– O próprio – respondeu Angélica. – Nossa amiga aqui ao lado – disse, apontando Nanda – está hiper, super, mega, blaster apaixonada por ele.

Nanda ficou sem graça.

– Não esculacha, Angélica!

– Olha ele ali! – berrou Cíntia. – Mas o irmão mais novo dele...

– Pssssiu!!! – fez Nanda. – Cê quer que ele ouça?

– Mas, afinal, Angélica, por que você perguntou pra Nanda se havia alguma novidade sobre aquilo, digo, o Claudinho? – quis saber Cíntia.

– Pensando bem, aqui não é o lugar próprio pra gente falar sobre isso – disse Nanda, irritando a amiga.

– Aquela não era a hora, aqui não é o lugar. Que tanto segredo pra mim?

Angélica resolveu ser a mediadora do assunto.

– Que tal vocês irem almoçar na minha casa hoje? Daí a gente conversa sobre isso. Avisem suas mães, e eu aviso a minha que é pra pôr mais água no feijão – disse ela, divertindo-se.

As amigas adoraram a ideia.

Mães devidamente avisadas, terminadas as aulas, as três foram para a casa de Angélica.

Filha única, a garota tinha um quarto todo incrementado.

– Nossa, Angélica, teu quarto ficou um show depois da reforma. O barzinho, então, superfofo!

Cíntia, que já conhecia o quarto novo, fez as honras da casa.

– E tem licor de tudo quanto é sabor, Nanda. Né, Angélica?

A amiga ficou lisonjeada com a empolgação das outras.

– Tudo quanto é sabor não tenho, mas alguns, sim. Tem de menta, de morango, de pêssego e de chocolate. Vou servir um pra vocês enquanto conversamos.

Assim fez. Pegou três cálices azuis e serviu o licor que cada uma escolheu.

Nanda, que havia escolhido o de chocolate, lambeu os lábios ao provar o primeiro gole.

– Que delícia!

Como aquilo já não era novidade para Cíntia, ela voltou ao assunto que as levara ali.

– Tá tudo muito bom, mas quero saber sobre o rolo do Claudinho.

– Não tem rolo nenhum, amiga – disse Angélica. – Só que a Nanda tá doidinha por ele e escreveu um bilhete se declarando.

– Angélica! – exclamou Nanda. – Eu que tinha de contar.

– *Sorry!* Agora já foi.

– Sério que você escreveu um bilhete, Nanda? – perguntou Cíntia. – Mas ele tem namorada.

– Desmanchou – retrucou Angélica.

– Como você sabe?

– A mãe dele é amiga da minha – gabou-se.

– Pois é. Cansei de gostar do Claudinho sozinha. Agora, ou vai ou racha – disse Nanda, fazendo as amigas rirem. – Mandei o bilhete ontem.

E, entre um licor e outro, a tarde passou num átimo.

– Valeu, Angélica. Adorei seu quarto novo e, principalmente, seu barzinho – disse Nanda ao se despedir.

Como morava perto de Angélica, Nanda voltou a pé para casa. No caminho, ela se lembrou do seu tio querido, o Zaca. Fazia tempo que não o via. Também, com tantas cirurgias que ele fazia, não tinha tempo nem pra se coçar.

Tio Zaca era seu confidente. Desde pequenininha, era com ele que Nanda gostava de estar. Foi crescendo agarrada a ele, passeando com ele. Sua vontade de ser médica veio dele; tão jovem e já cirurgião.

Ia ligar para ele. Contar o seu segredo, a paixão pelo Claudinho, que nem a mãe sabia.

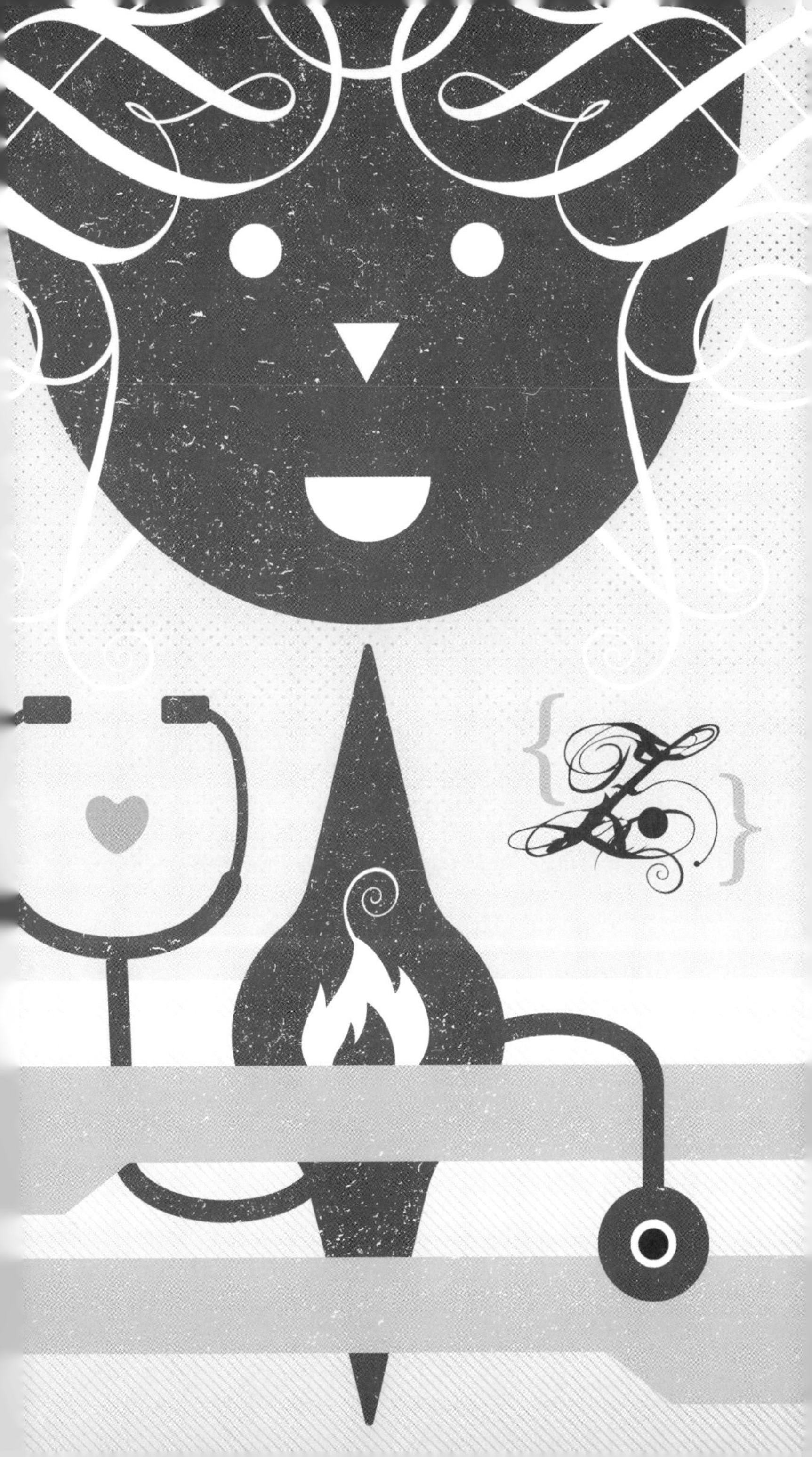

2
BOMBOM DE LICOR

TERÇA-FEIRA,
NA HORA DO ALMOÇO

NO DIA SEGUINTE, QUANDO NANDA chegou do colégio, a mãe, como sempre, ocupava a mesa da cozinha enrolando docinhos.

– Oi, mamis!

Zaíra deu um beijo rápido na testa da filha, voltando a se concentrar nos docinhos.

– Cadê o Pedrinho?

– Estou apuradíssima, Nanda. Felizmente, sua avó apareceu aqui e levou o Pedrinho para a casa dela. Só assim pra eu dar conta das encomendas e, ainda por cima, da festa do Zaca.

Zaíra era exímia cozinheira. Fazia doces, bolos e salgados por encomenda, ofício que aprendera com sua mãe.

Nanda admirava o esforço dela, mas, no frescor dos seus 12 anos, via na mãe exatamente o que não queria ser.

Pedro, o pai, era taxista. Vivia, como dizia a filha, mais no táxi do que em casa. Pedrinho, o filho de 4 anos, era seu xodó.

– O tio Zaca vai ter a maior surpresa, né, mãe?

– Espero que só ele tenha surpresa.

Nanda, sem entender o comentário da mãe, abriu o forno.

— Hoje não vai ter almoço nesta casa, é?

— Ai, filha, estamos só nós duas; vamos comer o que tem na geladeira. Tudo bem?

— Claro, mamis!

Nanda serviu-se e sentou-se na beirinha da mesa.

— Sabia que ontem à noite eu liguei pro tio Zaca? Já era meio tarde, e ele atendeu falando mole. Acho que tava dormindo, coitado.

Zaíra, limpando as mãos, também se serviu de comida e sentou-se ao lado da filha, sem comentar o que ela havia dito.

— Estou exausta! Ainda bem que o churrasco do aniversário vai ser sábado. Posso ir fazendo os salgados e os doces aos poucos. Sua avó só inventa. Faz caridade com as mãos dos outros.

— Coitada, mãe! É aniversário do filho dela, seu irmão, esqueceu? Fora isso, ele merece, né? Foi o único...

Zaíra nem deixou a filha completar a frase.

— Não me venha com essa história de que o Zaca foi o único que estudou só porque é médico! O Zildério e o Zeus se formaram em Contabilidade. A Zulma fez curso de doces e salgados finos, como eu. O Zózimo...

— Xiiiiii...! Lá vem você com essa ladainha de novo! Esse monte de "zes". Me poupe!

Zaíra deu de ombros, enquanto a filha roubava um brigadeiro que ela acabara de fazer.

— Seu brigadeiro é tudo de bom, mamis! Tem algum segredo?

— Segredo toda doceira tem – disse a mãe, secamente.

— Cadê os bombons de licor?

— Não fiz. Nem vou fazer.

Nanda olhou atônita para ela.

— Como assim não vai fazer?

– Não fazendo – respondeu Zaíra, irritada.
– Mas se é justamente o doce que o tio Zaca mais gosta!
– Evidente! Só podia ser.

Havia certos comentários que a mãe fazia em relação ao irmão caçula que Nanda não entendia. Zaca era um exemplo de pessoa.

– Esse seu jeito de falar do tio Zaca me cheira ciúme, viu, mãe? Só porque eu adoro ele. – Nanda externou seus pensamentos.

Zaíra enrubesceu. Que desplante a filha falar assim com ela.

– Eu me recuso a discutir, de novo, com você por causa do Zaca, Fernanda.

– E eu me recuso a sair desta cozinha sem saber que segredo é esse que vocês todos da família guardam dele, coitado.

– Ah, mas coitado ele não é mesmo! – enfureceu-se Zaíra. – Já não digo o mesmo dos pacientes dele.

Nanda ficou chocada com o comentário. Lavou o que havia sujado no almoço e saiu da cozinha. Adorava o tio. Ainda seria médica, como ele; uma pessoa encantadora.

QUANDO ZACA ESTAVA COM 13 ANOS

Era tarde da noite. Seu Leocádio lavava o chão do bar, ajudado pelos filhos mais velhos: Zildério e Zeus. Pai de oito filhos, tirava daquele bar o sustento da prole. Terezinha, sua esposa e esteio, além de cuidar da casa e dos filhos, fazia salgados e doces para o bar.

Seu Leocádio tinha um sonho: transformar o bar em um grande restaurante. Para isso contava com a ajuda dos filhos.

Zacarias, o Zaca, era o mais novo deles. O mais franzino. Sensível e romântico, tinha os pensamentos muito longe do bar. Nos livros. Nos estudos. Na faculdade de Medicina. Só tinha 13 anos. Sabia que ainda faltava muito para realizar seu sonho, mas estava certo de que seria vitorioso.

– Zacarias! – chamou o pai. – Ajude o Zildério a enxugar o chão. Preciso dormir que amanhã às cinco começa tudo de novo.

– Amanhã eu tenho prova, pai.

Seu Leocádio ficou sério. Precisava da ajuda dos filhos para concretizar seu sonho, mas também os queria doutores. Todos, se possível. Mas até então só o mais novo tinha essa vontade. Desde pequeno gostava de cuidar dos machucados da família.

Aproximando-se de Zaca, apertou-o contra o peito.

– Então vai estudar, filho.

Zaca beijou o pai. Daria ainda muito orgulho a ele.

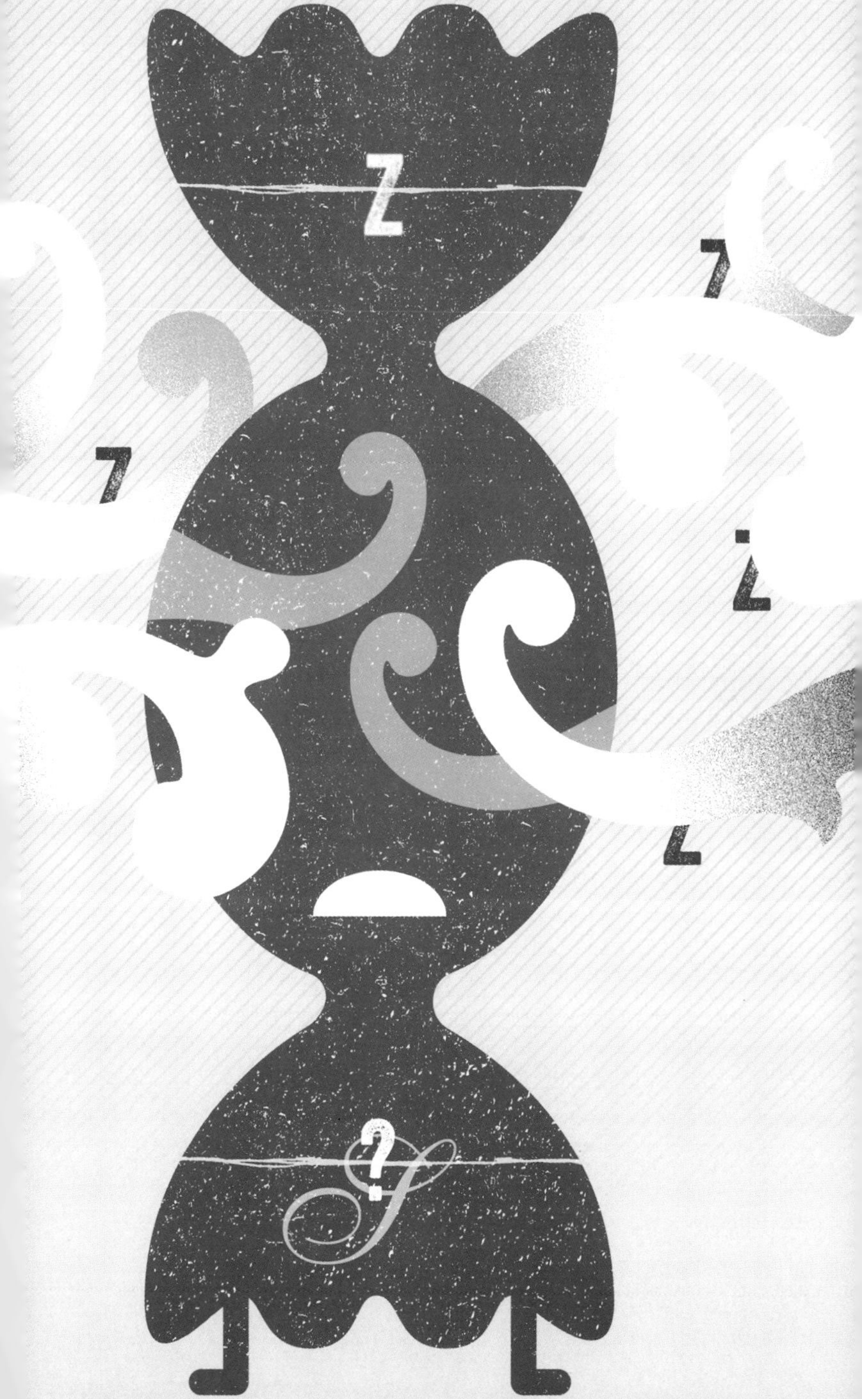

3
TENTANDO ENTENDER

TERÇA-FEIRA,
À TARDE

EM SEU QUARTO, NANDA TENTAVA estudar para a prova de quarta-feira.

Era ótima aluna. Até então, nunca havia ficado de recuperação; no mês de novembro, já estava de férias.

Espanhol era a matéria mais difícil para ela. Os verbos a confundiam. E a prova do dia seguinte seria justamente dessa matéria.

No entanto, não conseguia se concentrar. A expectativa de um retorno do Claudinho e as evasivas da mãe em relação ao tio Zaca mexiam com ela. Decidiu conversar com Cíntia.

– Tá falando do fone fixo por quê? – perguntou a amiga do outro lado da linha.

– Pra não gastar meus créditos, ôôôôôô!

– Tudo bem. O que é que você manda, garota?

– Não mando nada – disse Nanda –; pelo contrário, só mandam em mim.

Cíntia deu uma risada gostosa. Conhecia a amiga. Sabia que quando ela estava na fossa o melhor era deixá-la falar.

E foi o que Nanda fez. Contou que, até aquele momento, o Claudinho não havia se manifestado. Achava que isso era uma negativa. Depois, falou sobre a conversa com a mãe, sobre o tio Zaca, sobre o aniversário dele e sobre suas dúvidas.

– Juro que tô tentando entender, Cíntia.

Só então a amiga falou.

– Esse seu tio não é o tal que você sugeriu pra gente convidar pra entrevista da Semana das Profissões? Que saiu do nada e virou médico?

– Saiu do nada também é exagero. Quando meu tio era pequeno, meu avô tinha um bar onde trabalhavam todos os filhos. Eram pobres.

– Será que sua mãe não tem ciúme de você com ele, Nanda? Nunca se sabe o que vai na cabeça das mães. Quer saber? Volta lá pra cozinha e conversa com ela. Mas com jeito, viu? Não vai chegando com grosseria que pega mal. Agrada a sua mãe. Diz que gosta do seu tio, mas não mais que dela. Sabe como é... essas coisas que mãe e pai adoram ouvir.

Nanda gostava do jeito direto da amiga. Despediu-se mais aliviada. Cíntia estava certa.

Saiu do quarto e voltou para a cozinha, onde Zaíra ainda enrolava doces e salgados.

– Agora são os da festa ou encomendas que você tá fazendo, mamis?

Zaíra limpou as mãos no avental.

– Encomendas. Amanhã faço mais alguns para a churrascada do Zaca.

– Quer ajuda? – ofereceu-se Nanda.

– Seu humor é de lua, não, filha? Há pouco saiu daqui pisando duro.

– Me acalmei, ora! – disse Nanda, passando açúcar cristalizado nas mãos para enrolar cajuzinhos.

– Já estudou pra prova de espanhol? – perguntou a mãe.

– Passei os olhos.

– Passar os olhos não é estudar, Nanda.

– Ai, mãe! Que tal a gente mudar de assunto?

Zaíra terminava de colocar os beijinhos nas forminhas.

– Mãe, sabia que no quarto da minha amiga Angélica agora tem um barzinho?

Zaíra quase derrubou a bandeja dos beijinhos com o comentário da filha.

– Barzinho como, Nanda?

– Uma graça, precisa ver! Tem balcãozinho e tudo. Ontem, depois do almoço, fomos pro quarto dela e tomamos licor. Tem de menta, chocolate...

– Fernanda, Fernanda, por favor... – a mãe interrompeu, puxando uma cadeira e sentando-se.

Nanda largou o que fazia, preocupada.

– Mãe, o que foi? Você está suando.

Zaíra procurava as palavras. Sua vontade era proibir Nanda de voltar à casa de Angélica. Mas essa não era a melhor maneira. Sabia que já deveria ter conversado com a filha sobre os perigos da dependência do álcool. Mas não sabia como abordar isso. Com certeza, se os pais tivessem conversado com seu irmão Zaca quando perceberam que bebia, ele não teria se tornado um alcoólatra.

Nanda amava tanto o tio. Adorava conversar e sair com ele. No entanto crescia. Daqui a pouco seria adolescente; uma fase de descobertas. Zaca não seria boa companhia. Mas os dias se passavam e nada de ela tomar coragem e contar tudo para a filha.

Porém, aquela notícia de que no quarto da amiga havia um barzinho tinha sido a gota d'água. Era hora de conversar com Nanda.

QUANDO ZACA ESTAVA COM 15 ANOS

Nada restara do garoto franzino de antes. Em apenas dois anos, se transformara. Criara músculos, estava alto e forte. Ingressara, naquele ano, no segundo grau, como se chamava o ensino médio na sua época.

A vocação para Medicina se mostrava cada dia mais forte. Ele sabia que teria que intensificar os estudos. Nos três anos que faltavam para o vestibular, tinha que estar preparado.

Seu Leocádio e dona Terezinha se encantavam com o filho que seria doutor.

Os dois filhos mais velhos, Zildério e Zeus, haviam terminado o curso de Contabilidade e cuidavam do antigo bar, agora transformado em lanchonete. Zózimo e Zeferino cursavam Administração de Empresas em faculdades estaduais. Zaíra e Zulma se especializavam em doces e salgados finos. Zuleica queria ser professora.

Os pais não tinham de quem se queixar. Mas Zaca seria médico.

– Pra quem nasceu lavando chão de bar, como eu, ter um filho médico é bom demais, não é, Terezinha? – sempre dizia o marido.

Zacarias sabia que o pai não poderia custear uma faculdade particular de Medicina. Isso ele tinha deixado bem claro.

Por vezes dava um desânimo...

Será que conseguiria passar no vestibular? Sempre estudara em escola pública. Diziam que o ensino não era tão bom como nas escolas particulares.

SEGREDOS

Todas as tardes, Zaca ajudava na lanchonete, onde entrava gente de todo tipo. Uns tomavam lanche completo, outros petiscavam os deliciosos salgados que dona Terezinha fazia. E alguns pediam cerveja, caipirinha e outras bebidas alcoólicas.

Tinha um freguês assíduo, desde a época em que a lanchonete era só bar, que ia sempre tomar caipirinha. Estalava a língua no céu da boca quando dava um gole. Dizia ser a melhor caipirinha da região. O melhor remédio para relaxar depois de um dia de trabalho.

Naquela tarde, Zaca estava desanimado. Os irmãos Zeus e Zildério tinham discutido com ele. Haviam dito que Zaca só atrapalhava na lanchonete. Que derrubava tudo, quebrava copo, não sabia servir os fregueses. Ia ser médico, mas ainda não era; então, que trabalhasse direito como eles.

O freguês da caipirinha acabara de sair, elogiando como sempre. Zaca ficou com uma vontade enorme de experimentar. Estava tão cansado... O álcool relaxava. Por que não?

Preparou um dedo de caipirinha e bebeu. Ninguém viu. Ele gostou.

4
DE MÃE PARA FILHA

TERÇA-FEIRA,
FINAL DE TARDE

PREOCUPADA COM A MÃE, Nanda preparou um pouco de água com sal para ela.

– Sua pressão deve ter baixado, mãe. Toma esta água que vai fazer bem.

Zaíra olhou para a filha com carinho, depois bebeu a água.

– Já estou melhor. Obrigada.

Nanda sorriu, voltando a enrolar os cajuzinhos.

– Filha, me conte isso direito, por favor.

– Isso o quê?

– Essa história de tomar licor no quarto da Angélica. É licor com álcool ou sem?

Nanda passou de carinhosa a irritada com a mãe.

– Mas será possível, mãe! Tudo o que eu faço você acha errado. Deve ser sem álcool, senão eu teria ficado bêbada. O que é que tem de mais?

– Tem tudo de mais, Fernanda! Criança não tem que tomar bebida alcoólica – exaltou-se Zaíra. – Vicia, tá me entendendo? Vicia.

— Mãe, sabe quantas vezes eu estive no quarto novo da Angélica até hoje? Uma. Só ontem. Como poderia me viciar?

— Poderia sim! Poderia ter gostado do tal licor e procurado, aqui em casa, fazer o mesmo.

— Mas não fiz! Até porque aqui em casa nunca tem bebida alcoólica. Achei um charme ter um barzinho no quarto da Angélica. Só isso. Não precisava esse estardalhaço todo.

Nanda estava crescendo. Dali em diante, cada vez mais, iria questionar seus limites, cada vez mais se acharia senhora dos seus atos. Era o papel de Zaíra e de Pedro mostrar à filha os perigos sem barrar os sonhos.

— Filha — disse Zaíra, recuperando a calma —, seu pai e eu confiamos muito em você.

— Não parece — reclamou Nanda.

Zaíra se aproximou dela, alisando seus cabelos.

— Você, que quer ser médica, ajudar as pessoas a terem uma vida saudável, mais do que ninguém precisa saber os efeitos que o álcool provoca no organismo da gente.

A lembrança de que um dia seria médica quebrou a irritação de Fernanda.

— Tá bom, vai, mãe! Você, por acaso, sabe que diabos o álcool faz no organismo da gente?

— Nanda, sente aqui do meu lado — pediu a mãe, acomodando-se novamente à mesa e retomando a conversa. — Sei de muitas coisas que você ainda desconhece porque me interessei, li. Todo álcool que bebemos vai para o sangue, que se incumbe de levá-lo principalmente para o fígado, o cérebro, o coração, os rins e todos os músculos.

— Enfim, detona a pessoa de cabo a rabo — disse Nanda, interrompendo a mãe.

— Justamente.

– Mas isso só se o sujeito tomar todas, todos os dias, né, mãe? Mas a pobre da Angélica tem só 12 anos, como eu, e não toma licor todos os dias.

– Se o barzinho fica no quarto dela e as garrafas de licor estão sempre lá, não tem como os pais dela controlarem, Nanda.

– Assim como você está conversando comigo, decerto os pais dela também fazem o mesmo, ora!

– Colocar um barzinho com licor no quarto da Angélica e não deixar beber é o mesmo que comprar um monte de doces e não deixar comer, Fernanda. E isso, como já disse e repito, pode viciar.

– Você fala isso com tanta insistência, mãe... Por acaso conhece alguma criança que se tornou dependente de álcool? – perguntou Nanda, enrolando o último cajuzinho e arrumando na bandeja.

– Conheço – disse Zaíra, de supetão.

Nanda parou o que estava fazendo e olhou fixo para a mãe.

– Então vai ter que me contar!

– Também quero saber quem foi, meninas – interrompeu Pedro, entrando na cozinha.

– Pai? Mas que milagre é esse? – disse Nanda, agarrando-se ao pescoço dele. – Você nuuuuunca chega em casa a essa hora!

Pedro beijou a filha e Zaíra.

– Hum... mas que cheirinho bom! Vou tirar a barriga da miséria nesse aniversário do Zaca.

Zaíra olhou para o marido. Era bom tê-lo em casa, vê-lo abraçado à filha. Não queria interromper aquele momento. A história de alcoolismo do irmão, mais dia menos dia, Nanda saberia.

QUANDO ZACA ESTAVA COM 18 ANOS

Bebia todos os dias.

– Pai, peguei o Zaca enchendo a cara de novo – segredou Zildério, eterno vigilante.

– Vê como fala do seu irmão, filho! O Zacarias estuda demais, tá perto do vestibular. Já viu o que é prestar exame pra médico? – disse seu Leocádio, sempre defendendo o caçula.

– Pai, o senhor não vê que o Zaca bebe de dia, de tarde, de noite, a hora que der? Quando a gente descobriu que ele fazia caipirinha e bebia escondido, era pra ter conversado, orientado. Sabe que no cursinho o apelido dele é Foguinho porque tá sempre de fogo, pai? Mas o senhor e a mãe... sempre achando que é bebidinha inocente, só pra relaxar.

– Quem que vai relaxar aí? – entrou no assunto Zózimo, que chegava.

– É baboseira do teu irmão. Deixa o Zacarias sossegado. Ele precisa ter a cabeça fresca pra passar no exame.

– Pai, se o assunto são as bebedeiras do Zaca, a coisa é bem séria – disse Zózimo, apoiando Zildério. – Ele não passa um dia sem beber. Como é que vai ser médico desse jeito, pai?

Dona Terezinha chegou com uma fornada de pães de queijo em tempo de ouvir a conversa.

– O Zaca disse que só bebe quando quer, meninos. É claro que nos dias dos exames ele não vai fazer isso. E vai ser um grande médico.

– Mãe, o Zaca se tornou dependente do álcool. Começou com um dedinho de caipirinha, depois um copo, dois copos. Agora, bebe de tudo. Será que a senhora também não enxerga isso? Eu que não queria ser paciente dele. Tá louco! – disse Zózimo, aborrecendo dona Terezinha.

– Chega! – disse ela. – Vai cuidar da sua vida e deixe o Zacarias em paz! Ele já tem 18 anos, vai ser médico e sabe o que faz. Não é, Leocádio?

O marido concordou com a cabeça, enquanto atendia a um freguês.

Enquanto falavam dele, Zaca, no quarto que dividia com os irmãos, repassava as matérias do cursinho, pago com seu trabalho na lanchonete. Era bom aluno, apesar das bebedeiras. Esforçado. Inteligente. Mas vivia cansado. Estudava, trabalhava e não dormia direito. Quando bebia, ficava elétrico.

O vestibular se aproximava. Todo esforço seria pouco para conseguir uma vaga na faculdade federal de Medicina. E precisava entrar na federal da sua própria cidade para continuar morando com os pais e não dar despesa alguma.

Medicina era um curso longo e difícil. Período integral. Os irmãos haviam prometido ajudá-lo nas despesas; em troca, precisava tratar do alcoolismo. "Mas que alcoolismo? Eu só bebo quando quero", retrucava. E a estafa, a preocupação e o medo de dar tudo errado e não passar no vestibular faziam Zaca querer beber cada vez mais.

5

A HISTÓRIA DO PÉ QUEBRADO

TERÇA-FEIRA,
À NOITE

FELIZ COM A PRESENÇA do pai em casa e com toda a atenção dele voltada para ela com a ausência de Pedrinho, Nanda até se esqueceu do segredo da criança que tinha se viciado em bebida – que a mãe acabara não contando.

Enquanto o pai, confortavelmente espichado no sofá da sala, lia o jornal, Nanda foi tomar banho.

Ao voltar para a sala, encontrou Zaíra preparando a mesa para o jantar.

– Vamos jantar na sala, mamis? Adoro! Nossa cozinha é sufocante; ainda mais com aquele forno eternamente aceso.

– Queria que eu assasse minhas encomendas como, Nanda?

– Eu sei. Mas, quando eu for médica, vou comprar uma supercasa legal pra gente. Que nem o tio Zaca fez. A vovó e o vovô vivem num conforto só.

Zaíra ia retrucar, mas achou melhor não estragar aquele jantar gostoso que teriam.

Nanda pegou para si o trabalho de ajeitar a mesa, enquanto a mãe terminava o delicioso macarrão ao *pesto*, que fazia como ninguém.

Sentado à mesa e saboreando o macarrão, Pedro contou sobre os diferentes fregueses que levava em seu táxi.

– Taxista tem vida dura, mas ouve cada uma... – divertiu-se.

Depois ele perguntou como a filha estava indo na escola e sobre os amigos. Aquela pergunta ressuscitou o assunto do barzinho do quarto da Angélica.

– Sabe, pai, eu caí na besteira de contar pra mamãe que a minha amiga Angélica agora tem um barzinho dentro do quarto, e ela ficou histérica.

Zaíra parou de comer.

Pedro olhou para ela sem saber se continuava ou não o assunto. Mas quem continuou foi Nanda.

– Pai, visualiza: você acha que uma garota de 12 anos vai virar dependente de licor de menta, de chocolate, de qualquer sabor, só porque tem um barzinho no quarto?

Zaíra continuava calada. Pedro intercedeu.

– Vou te contar uma história que aconteceu comigo, Nanda. Certa vez, ao sair do táxi, enfiei meu pé de tal maneira num buraco que quebrei. O pé ficou roxo. Tive que engessar. Fiquei trinta dias de gesso.

Zaíra ouvia o marido, interessada em saber o que ele pretendia com aquela história.

– Quando voltei ao médico para tirar o gesso – continuou Pedro –, ele me mandou fazer mais trinta dias de fisioterapia. Voltei lá, de novo. O pé estava melhor, mas eu, por medo da dor, continuava andando sem dar o passo, só apoiando na lateral daquele pé. O médico disse que eu precisava largar de andar daquele jeito senão viciaria e nunca mais andaria direito.

Pedro limpou os lábios e bebeu um gole de suco, dando por encerrada a história.

Mas Nanda queria mais.

– E daí, pai? O que tem a ver o seu pé quebrado com pessoa que vira alcoólatra?

– Tem tudo a ver, filha. Tudo que se faz de forma errada pode viciar. Se eu tivesse continuado a andar pisando torto, hoje não andaria direito, não jogaria meu futebolzinho nos fins de semana, não...

– Tá, tá, tá! Já entendi. Tá vendo, mãe? O papai não deu chilique por causa do barzinho. Explicou e eu captei a mensagem.

Zaíra ficou remoendo os pensamentos. Por que a filha se entendia melhor com o pai do que com ela? Havia explicado tanta coisa quando estavam a sós, na cozinha... Deu vontade de chorar.

Levantou e começou a retirar os pratos, sempre em silêncio. A dependência de Zaca atrapalhava a vida da família inteira. Aquela distância entre ela e a filha era culpa dele.

O marido percebeu o olhar triste da esposa.

– Deixa que eu te ajudo com a louça, Zaíra.

Nanda beijou os pais e foi para o quarto. Precisava estudar melhor a matéria de espanhol.

QUANDO ZACA ESTAVA COM 21 ANOS

Cursava o terceiro ano de Medicina.

Tinha sido uma luta, mas ele conseguira passar no vestibular da universidade federal de sua cidade.

Quando a lista dos aprovados saiu, seu Leocádio fechou a lanchonete para a família comemorar. Convidou os amigos de cursinho de Zaca, e dona Terezinha fez os melhores docinhos e salgadinhos que sabia. Até um vizinho que tocava violão foi cantar na festa.

Lá pelas tantas, quando todos os convidados haviam chegado, seu Leocádio pediu a palavra. Queria falar da sua alegria, do seu orgulho daquele filho estudioso e esforçado.

– Zacarias, vem aqui, filho! – chamou. – Zacarias! – chamou de novo, mas sem reposta.

– Zaíra, filha, vai ver onde está teu irmão.

Zaíra sabia onde ele estava. Ela e Zulma o haviam levado ao banheiro, onde ele vomitou. Estava completamente tonto.

– Zulma, o pai quer que o Zaca volte lá pra dentro – disse Zaíra, entreabrindo a porta do banheiro.

– Ele não está em condições – disse a irmã, irritando Zaca.

– Quem disse que não tô? Vocês são duas loucas. Só porque bebi um pouco a mais?

E lá foi ele, cambaleando, para a festa novamente.

– Que que é, paizão? Tava chamando seu filho doutor?

Os convidados, acostumados às bebedeiras do rapaz, ficaram calados e abriram passagem.

Seu Leocádio disfarçou.

– Você bebeu um pouco, hein, filho? Mas hoje pode. Merece, não é, Terezinha?

A mãe se aproximou, comovida.

Zaca pegou uma jarra de cerveja e despejou na cabeça.

– Viva eu! Viva eu!

Daquela noite até aqui, já se haviam passado três anos. A faculdade ocupava todo o tempo de Zaca. Ele amava o que fazia. Mas não largava a bebida.

O terceiro ano de Medicina era quando efetivamente os alunos começavam a ter contato com os pacientes em aulas supervisionadas no hospital.

Os irmãos haviam feito uma surpresa para o Zaca, comprando um estetoscópio.

Os alunos do terceiro ano tinham se dividido em pequenos grupos e, naquela manhã, passariam a primeira visita nos leitos.

Zaca era aluno brilhante. Não tinha motivos para ficar nervoso. Mas tudo o levava à bebida. Antes de sair de casa bebeu uma dose de uísque, cuja garrafa guardava escondida no armário do seu quarto.

Ao chegar à faculdade, passou pelo bar da frente e tomou uma cerveja. Ficou alegre, elétrico.

Os alunos começariam as visitas pela clínica geral e fariam o básico dos exames clínicos. Era hora de estrear seu estetoscópio.

O professor supervisionava os grupos, orientando cada aluno.

Zaca se dirigiu ao leito que lhe foi designado. Elegante, com seu impecável jaleco branco, abordou o paciente.

– Pela cara, já vi que tá mal – ele disse, dando risada.

O paciente não achou graça.

– Deixe-me sentir o seu coração – Zaca voltou a dizer, colocando o estetoscópio no peito do paciente. – Xiiii! Parou de bater, acho que você morreu e não sabe. – E novamente riu.

O professor, discretamente, pegou-o pelo braço, e juntos saíram da enfermaria antes que ele dissesse mais bobagens.

– Como pode se apresentar embriagado diante de um paciente, Zacarias? – disse o professor.

– Eu só tomei uns goles.

– Vá para casa e repense o que está fazendo com sua vida e sua carreira.

Aquela tinha sido a primeira visita de Zaca ao leito de um paciente. Era um aluno brilhante, tinha um monte de amigos e um só inimigo: o álcool.

6
ACIDENTE NA COZINHA

QUARTA-FEIRA

A PROVA DE ESPANHOL não tinha sido nada fácil, mas Nanda havia ido bem.

– Eu, com a matemática, e você, com o espanhol, somos umas piadas, né, Nanda? – comentou Cíntia.

– Nossa! Toda semana de provas é terrível! – disse Nanda, bem no momento em que Angélica chegava ao pátio.

– E aí, garotas? Foram bem? Eu fui. Moleza de prova.

As duas amigas ficaram olhando para ela.

– Você se acha, não, Angélica? – disse Cíntia.

– Me acho, não, eu sou – respondeu, caindo na risada junto com as amigas. – E o Claudinho, Nanda?

Nanda fez cara de desânimo.

– Até agora não deu a mínima.

– Posso dar um palpite? – pediu Cíntia. – Por que você foi cismar com o Claudinho, Nanda? Ouvi dizer que o irmão mais novo dele, o do sétimo B...

– Minha mãe adorou vocês terem ido almoçar comigo ontem – interrompeu Angélica. – Disse que é pra voltarem sempre.

— Pois você não sabe o rolo que deu, lá na minha casa, por causa do seu barzinho, Angélica – disse Nanda, contando toda a história.

Angélica ouviu sem interromper. Quando Nanda terminou foi que ela falou:

— Pois sabe que não foi a primeira mãe de amiga que se preocupou com isso, Nanda?

— Sério?

— Sim. Minha mãe ligou pra todas as mães e explicou que os licores são sem álcool. Que ela mesma faz com essências de frutas, com menta e chocolate. Que nunca daria álcool pra uma criança beber porque vicia. Vou pedir pra ela explicar tudo isso pra sua mãe também, você quer?

Nanda não sabia por que, mas tinha ficado feliz com as explicações de Angélica. Sua mãe se preocupara com ela, apenas. Não a julgara.

— Eu quero, sim, Angélica.

Enquanto a filha estava no colégio, Zaíra decorava um lindo bolo de casamento. No fogão, uma panela gigante curtia a massa para os brigadeiros.

Pedrinho circulava pela casa com seu patinete, até que entrou na cozinha.

— Não passe perto do fogão com esse patinete, filho – pediu Zaíra.

O menino estacionou o patinete embaixo da mesa. Em um segundo que a mãe se distraiu, puxou uma cadeira e foi ver o que havia na panela.

Descobrindo que era massa de brigadeiro, enfiou o dedinho dentro, dando um berro de dor.

Zaíra tomou um susto e só então viu o filho ali.

— Pedrinho! – berrou.

O menino, assustado, puxou sem querer a panela, derrubando massa de brigadeiro quente nos dois pés. Zaíra limpava os pezinhos dele em água corrente quando Nanda chegou.

– O que foi, mamis?

– Derrubou brigadeiro quente nos pés – disse a mãe, tentando acalmar o filho, que gritava de dor.

– Tadinho! – disse Nanda, agradando o irmão. – Vamos levar ele no tio Zaca. De repente, só a água não vai resolver.

Ligaram para Pedro, que logo chegou com o táxi. Em pouco tempo estavam no consultório de Zaca.

A secretária acabava de se desculpar com alguns pacientes que aguardavam na sala de espera, dizendo que o doutor Zacarias não estava se sentindo bem e que ela iria remarcar as consultas.

Zaíra fez menção de ir embora. Pedro a segurou. Pedrinho ainda chorava baixinho. A secretária, que conhecia a família, agradou o menino.

– Meu irmão pode nos atender?

– Acredito que sim – respondeu a secretária. – Vou perguntar.

Ao voltar, disse que era para eles entrarem.

Zaíra, que já desconfiara qual era a "doença" do irmão, achou melhor entrar só com Pedrinho.

Nanda não gostou da ideia. Adorava entrar na sala do tio. Mas o pai a convenceu. Ficaram os dois na sala de espera.

Já naquela hora da tarde, Zaca estava completamente tonto.

– Você não toma vergonha, né, Zaca. Precisa se tratar, meu irmão, melhorar sua saúde. Você está doente. O alcoolismo é uma doença. Sua sala de espera estava cheia. Você é tão jovem e já tão respeitado. Deixe a gente te ajudar.

Zaca ouvia a irmã examinando os pés do sobrinho, que chorava.

– Felizmente o brigadeiro quente não estragou muito seus pezinhos, campeão. O tio vai fazer curativos e logo, logo você vai poder voar de novo viu, Super-Homem?

Pedrinho parou de chorar.

Zaca prescreveu um anti-inflamatório.

– Qualquer coisa me liga, viu, Zaíra?

A irmã pegou o filho no colo.

– Você ouviu o que eu disse, Zaca?

– Ouvi.

– Promete que vai pensar no assunto?

O irmão beijou os dedos cruzados em sinal de juramento.

– Não leva nada a sério, é incrível!

Zaíra saiu do consultório acompanhada por ele.

– Cadê minha sobrinha linda? – disse para Nanda, que o abraçou.

– O Pedroca vai ficar legal.

– Você tava se sentindo mal, tio?

– Tava. Mas não tô mais. Você me curou.

O tio beijou a família e voltou para sua sala.

Nanda percebeu a tristeza da mãe. Não era por causa de Pedrinho, já que estava tudo sob controle. Seria por causa do tio?

Já dentro do carro, querendo alegrar Zaíra, Nanda pôs a mão no ombro dela e comentou:

– A Angélica disse que os licores dela são sem álcool, viu, mamis?

Zaíra se enterneceu.

– Antes de você chegar do colégio, a mãe dela me ligou, Nandinha.

Alguma coisa estava errada com o tio Zaca; disso Nanda tinha certeza. Mas o quê? Por que tanto segredo?

QUANDO ZACA ESTAVA COM 24 ANOS

Era inacreditável que seis anos haviam se passado desde que Zaca tinha entrado na faculdade. Ele aguardava, ansioso, pelo dia da formatura.

Seu Leocádio e dona Terezinha vibravam de felicidade.

– Vai ensaiando a valsa, mãe – brincava Zaca. – Quero rodopiar com a senhora pelo salão no meu baile de formatura.

A família, que já era grande, aumentara com casamentos e nascimentos de bebês.

Zaca era um tio babão. Amava os sobrinhos de paixão, principalmente a filha de Zaíra, Fernandinha, primeira menina a nascer no meio de um monte de meninos.

A lanchonete de seu Leocádio transformara-se em uma enorme churrascaria rodízio, respeitadíssima na cidade.

E ali estava Zaca, depois de tanta luta, se formando em Medicina. Um sonho de criança tornando-se real.

– Já foi experimentar a beca, filho? – perguntou seu Leocádio.

– Fui. Está tudo certinho. A Zaíra vai buscar pra mim porque tenho de estudar pro exame de residência.

Zaca havia escolhido cirurgia geral. Uma residência longa, um exame concorrido. Antes disso, porém, a alegria da festa. O diploma, o baile, a felicidade estampada no semblante dos pais.

No dia da colação de grau, Zaca amanheceu com uma dor aguda. Parecia ser no estômago, mas se irradiava até as costas.

Dona Terezinha apareceu, toda animada, para acordá-lo.

– Chegou o grande dia, filho!

A dor aumentava. Ele se revirava na cama.

– Não aguento de dor, mãe. Meu estômago parece que vai explodir.

A mãe chamou o marido, que chamou Zildério. Juntos, carregaram Zaca para o carro e levaram-no ao pronto-socorro da própria faculdade, onde ele era bem conhecido.

O plantonista o examinou, chamou um especialista e juntos constataram: ele estava com pancreatite, uma inflamação aguda do pâncreas.

Depois de medicado, e se sentindo melhor, Zaca já queria ir embora. Mas o médico foi taxativo: ele teria de ficar internado, em jejum e tomando soro, até que a inflamação regredisse.

Nada conseguiu aplacar a dor que Zaca sentiu naquele momento. Tanta luta, tanto sacrifício. A beca pronta, a mãe esperando para dançar a valsa dos formandos com ele...

– Olha o que a bebida fez com você, Zaca – disse Zildério.

– O Zacarias é o médico, filho, ele é que tem de dar o diagnóstico, não você – disse seu Leocádio, defendendo mais uma vez o mais novo.

Os pais e o irmão foram embora tristes. Zaca ficou internado. Era duro para ele admitir, mas Zildério estava certo. Zaca precisava parar de beber.

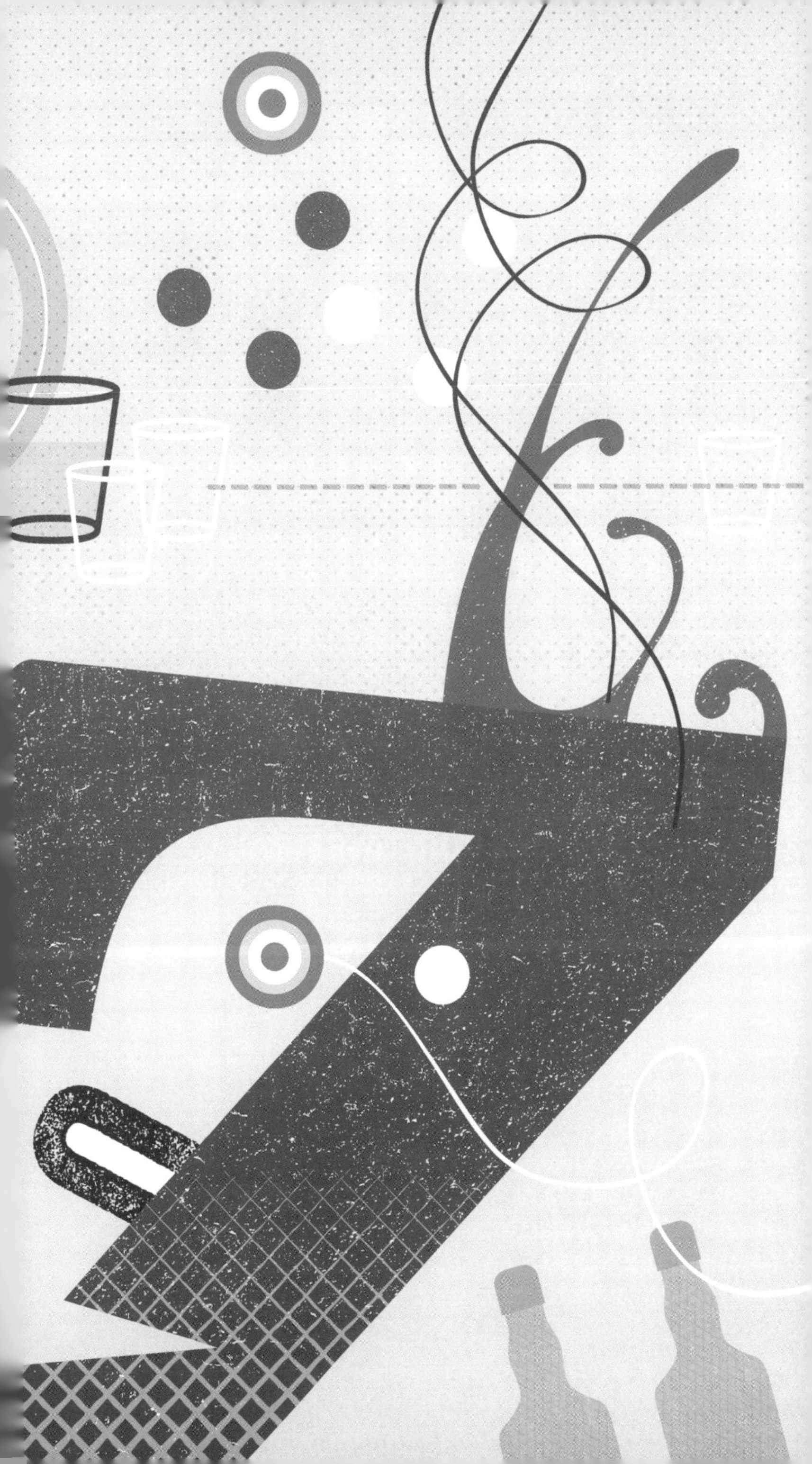

7

A RESPOSTA
DE CLAUDINHO

QUINTA-FEIRA

NAQUELA MANHÃ, A PROVA DEVERIA ser de ciências, mas a professora havia preferido que cada aluno fizesse um trabalho. No correr de todo o mês, cada um apresentaria o seu.

Aquele era o dia do trabalho de Nanda. Como os temas eram livres e o assunto sobre os efeitos do álcool no corpo humano havia sido tão falado em sua casa, foi esse o tema escolhido por ela.

– Você vai se dar bem com o trabalho de ciências graças a mim, Nanda – disse Angélica.

– É ruim, hein? Eu que pesquiso, digito e imprimo o trabalho, tô com os joelhos tremendo de ansiedade, e você que leva a fama?

– Claro! Foi graças ao meu barzinho e à polêmica dos licores que você teve a ideia do tema – gabou-se a amiga.

– Tá bom, vai – disse Nanda, quando seu celular fez o barulhinho de entrada de mensagem.

Quando ela olhou no visor, lá estava o nome dele: Claudinho.

À tremedeira dos joelhos de Nanda juntou-se a do seu coração. Ela ficou branca de emoção.

– Afff! Que foi, garota? Parece que viu alma penada – disse Cíntia, espiando o celular da amiga. – Claudinho? Será que é a resposta? Vai ver conseguiu fisgar o coração dele.

Nanda continuava sem ação.

– Lê logo a mensagem, Nanda! Que agonia! – disse Angélica.

E a mensagem de Claudinho surgiu na tela do celular para as amigas poderem ver.

Cláudio
Pd colar na praça amanhã às 3?
Se der, me dê um OK. Bj.

Que emoção Nanda sentiu! O celular tremia em sua mão.

– Vai, responde logo! Tá esperando o quê? – disse Cíntia.

– Responder o quê?

– Que a pipoca do cinema é uma delícia! – disse Angélica, irritada. – Responda que vai encontrar o Claudinho na praça, é claro!

– Ai... Não sei. Será?

– Se você não responder, respondo eu – disse Cíntia, tirando o celular das mãos de Nanda, que o tomou de volta.

– Isso é assunto meu! Eu que vou responder.

O sinal para o início das aulas tocou. Era hora de Nanda apresentar o trabalho de ciências.

– Você só apresenta o trabalho depois de responder, Nanda – disse Angélica, taxativa, apoiada por Cíntia.

Sem mais como retrucar, Nanda digitou:

Nanda
OK.
Bj.

Aquela possibilidade de encontrar o amado fez Nanda se superar na apresentação. Seu trabalho sobre os efeitos do álcool no corpo humano mereceu aplausos até da professora de ciências.

– Seu trabalho não só beneficiou você, Fernanda, que acaba de tirar 100% de aproveitamento, como também seus colegas. Todos aqui souberam mais sobre os estragos que o álcool pode fazer em todo o sistema cardiovascular, muscular, digestório; enfim, no corpo humano em geral. E também que o alcoólatra é alguém que precisa de ajuda, um doente.

A classe ouvia em silêncio os elogios ao trabalho de Nanda.

– E, para completar todos esses esclarecimentos que o trabalho da Fernanda deu a vocês, quero dizer que os adultos, seja por falta de tempo ou por excesso de confiança, nem sempre acompanham o dia a dia de seus filhos adolescentes. Pais que esclarecem e tocam em determinados assuntos que não devem ser segredos são exemplos a serem seguidos.

A caminho de casa, o coração de Nanda pulsava feliz. Tinha todos os motivos para isso: tirara 10 no trabalho de ciências e sabia que os pais, do jeito deles, faziam parte daqueles que acompanhavam o dia a dia dos filhos. E, mais do que tudo, no dia seguinte, às três em ponto, iria se encontrar com o Claudinho.

QUANDO ZACA ESTAVA COM 28 ANOS

Cursava o último ano de residência médica. Dentro de pouco tempo seria gastrocirurgião.

Uma ironia Zaca ter escolhido essa especialidade da Medicina, pois era justamente a que focava as doenças do aparelho digestório, no qual se incluía o pâncreas.

Quatro anos haviam passado desde a noite de formatura, quando Zaca, após a crise de pancreatite aguda, firmara-se no propósito de parar de beber.

"Não beba nem uma gota de álcool, Zacarias!", tinha dito o médico ao lhe dar alta.

Zaca saíra do hospital prometendo se tratar. Convenceu-se de que precisava de ajuda. Mas... vieram os anos trabalhosos da residência médica, os plantões, o sono picado e a responsabilidade aumentada.

Vontade de beber não lhe faltava, mas não queria piorar sua saúde.

Diminuiu o número de vezes que bebia. Quando sentia vontade, tomava água ou suco. Mas não aguentava ficar o dia todo sem uma gota de álcool. No entanto não procurou ajuda externa, como havia prometido a si mesmo, e continuou a ouvir os pedidos dos irmãos para que fizesse isso.

O pai e a mãe, depois do susto da noite da formatura, haviam finalmente percebido que o filho exagerava na bebida. Mas era médico, vivia entre médicos, saberia o que fazer.

Zaca foi tocando a vida. Tomando remédios e fazendo exames esporádicos do pâncreas.

Naquela madrugada, prestes a terminar a residência médica, Zaca fazia seu costumeiro plantão noturno, no hospital, quando a ambulância encostou na entrada do pronto-socorro. Dela saiu uma pessoa gravemente acidentada.

Zaca correu até a maca.

– Foi bala perdida, doutor – disse o técnico de enfermagem da ambulância.

A decisão do médico tinha que ser rápida nessa hora, pois um erro poderia ser fatal.

– Levem o paciente para a sala de cirurgia que já vou indo – pediu Zaca, coração batendo intensamente.

Estava sem beber havia muito tempo. Um golinho de uísque seria um ótimo relaxante antes daquela cirurgia. Sacou uma garrafinha de sua mochila, bebeu uns goles e depois foi ao encontro do paciente.

Como ainda era residente, um médico assistente o supervisionava.

Zaca conseguiu detectar onde a bala estava, mas, na hora de fazer a incisão para extraí-la, começou a enxergar em dobro. Fechou os olhos, apertando-os bem. Depois abriu, mirando o bisturi no local certo.

Sentiu tontura, mas prosseguiu. Sua mão, no entanto, não conseguia fazer o corte seguro que deveria.

O médico assistente percebeu e assumiu o lugar de Zaca antes que algo mais sério acontecesse.

Zaca saiu da sala de cirurgia e foi para a sala de repouso médico.

Pensou nas coisas de que estava se privando por causa da bebida. Estudava para salvar vidas, não para tirá-las.

8

O ENCONTRO

SEXTA-FEIRA

FINDAVA-SE A SEMANA DE PROVAS. Naquela manhã seria a de língua portuguesa, matéria em que Nanda ia muito bem. Ao chegar ao colégio, Cíntia e Angélica a esperavam no portão.

– O Claudinho e o irmão já chegaram – foi logo informando Cíntia.

– E daí? – disse Nanda. – O encontro é só às três, esqueceu?

– Errrrrr... Mas que grossa logo cedo! – reclamou a amiga.

Angélica apaziguou:

– Que tal a gente entrar e acabar com essa polêmica?

– Que polêmica, Angélica? Não ouvi nenhuma polêmica – irritou-se Cíntia. – Você, como sempre, se achando.

– Eu já disse que não me acho. Eu sou.

Nanda e Cíntia não aguentaram e acabaram rindo. Então seguiram para a sala de aula.

No intervalo, as três vigiavam Claudinho com os olhos.

– Eu acho engraçado vocês duas ficarem olhando pro Claudinho – disse Nanda.

– Por quê? Ele é propriedade particular? – perguntou Angélica.

– Por falar nisso, ouvi dizer que é o Chiquinho que tá querendo uma propriedade particular – comentou Cíntia.

– Que Chiquinho, garota? – quis saber Nanda.

– O irmão mais novo do Claudinho.

– O do sétimo B? – perguntou Angélica.

– O próprio.

– E quem é que ele quer? – voltou a perguntar Angélica.

O sinal para reinício das aulas tocou, e o assunto morreu ali.

Como esperava, Nanda havia ido bem na prova de língua portuguesa e estava animadíssima com o próximo trabalho da matéria: fazer uma entrevista com um profissional bem-sucedido para a Semana das Profissões. Tinha conseguido convencer seu grupo a entrevistar o tio Zaca.

Ao chegar em casa, como sempre, encontrou a mãe às voltas com suas encomendas.

– Almoço no fogão. Faça seu prato e esquente no micro-ondas – foi logo dizendo Zaíra.

– Credo, mamis! Nem pra dizer "Boa tarde. Foi bem na prova, filha?"...

Zaíra achou graça no comentário de Nanda.

– Tem razão. Dá um beijinho na sua mãe. Foi bem na prova, filha? – disse, repetindo Nanda, que deu risada.

– Fui bem, sim. Você sabe que gosto de português, né, mãe. Não vai sentar e almoçar comigo?

– Tô num atropelo só. Entrou um pedido que não estava no programa, e ainda tenho que acabar as coisas do Zaca. Mas vou comer, sim. Preciso me alimentar, caso contrário não aguento o tranco.

Zaíra sentou-se à mesa da cozinha ao lado da filha.

– Não tive outro jeito a não ser pedir pra sua avó vir buscar o Pedrinho. Essa festa do Zaca, viu...

– Ai, mãe, o que é que tem? Ele vai fazer 32 anos.
– Bem que podia ser um ano melhor pra ele.
– Como assim? – quis saber Nanda.
– Quer dizer... – disfarçou a mãe – ...de realizações.
– Mãe, sabe que às vezes eu penso que vocês me escondem alguma coisa sobre o tio Zaca?

Zaíra olhou nos olhos da filha. Teve vontade, de novo, de contar sobre a dependência do irmão. Mas não era o momento. Quando o aniversário dele passasse, contaria.

– Bobagem, filha. Mudando de assunto, você pode me ajudar a enrolar umas coxinhas hoje à tarde?

Nanda ficou sem palavras. Viu o apuro em que a mãe se encontrava, mas tinha o encontro com o Claudinho. Não ia faltar de jeito nenhum.

– Eu... combinei de fazer trabalho na casa da Angé... Cíntia.
– Era melhor não reatar o assunto dos licores.
– Mas hoje é sexta-feira, Nanda!
– Pois é, mas a gente vai adiantar pra semana que vem. Combinei às 3 horas da tarde.

Zaíra ficou um tanto decepcionada, mas compreendeu.
– Tudo bem, eu me viro.
– Pode deixar a massa da coxinha que enrolo quando voltar, tá, mãe?

Com um sorriso e um beijo da mãe, Nanda foi se preparar para o grande encontro.

Por volta das duas e meia, apareceu na cozinha, toda arrumada e perfumada, para se despedir.

Zaíra estranhou aquela produção toda.
– Tudo isso pra fazer trabalho na casa da Cíntia?

Nanda não sabia mentir. Ficou vermelha. Os pais sempre foram tão sinceros com ela, não era justo mentir. Porém não queria que nada atrapalhasse aquele encontro tão esperado, muito menos uma possível proibição.

– Combinamos de tomar sorvete depois do trabalho – disse, beijando Zaíra e saindo apressada.

Chegou 15 minutos antes à pracinha. "Será que o Claudinho vem mesmo?", perguntou-se. "E se ele só quis se divertir comigo?" Pensamentos rolando, não percebeu a chegada do garoto.

– Viajando por onde, Nanda? – ele disse, às suas costas.

Os joelhos dela começaram a tremer outra vez.

– O... Oi, Claudinho, que surpresa!

– Como surpresa se a gente combinou? Vem, vamos tomar um sorvete – ele disse, seguindo para o carrinho estacionado perto dali.

Depois, sentaram-se em um banco da praça.

– Então, Nanda, eu li o teu bilhete e achei engraçado.

– Engraçado por quê? Não tinha nada de engraçado.

– Não – desculpou-se o garoto –, é que você podia ter me mandado um torpedo, uma mensagem no WhatsApp, até um e-mail. Mas mandou um bilhete.

Nanda ficou sem graça.

– Levo mais jeito escrevendo que teclando. Você gostou?

Claudinho tinha 13 anos. Cursava o oitavo ano. Uma avalanche de garotas o assediava, e lá estava ele sem saber o que dizer para Nanda.

– Então... Gostei. Quer dizer, quem não gosta de receber declaração de amor de uma garota como você...

Nanda pensou que fosse desmaiar.

– Mas só que tem duas coisas, Nanda...

– Que coisas?

– Eu tenho namorada.

Foi como se uma lança tivesse atravessado o coração dela.

– Me disseram que vocês tinham terminado.
– Terminamos, só que não. A gente se gosta pra caramba.

Nanda ficou muda. Estava tudo acabado. Nada mais a esperar da vida, foi o que ela pensou.

Claudinho percebeu, pegando na mão dela.

– E tem a segunda coisa.

Nanda olhou para ele com os olhos marejados.

– O Chiquinho, meu irmão, é apaixonado por você. Nunca que eu ia trair ele, mesmo que gostasse de você.

E assim acabou aquele caso de amor de Nanda, que foi sem nunca ter sido.

Claudinho queria acompanhá-la até a casa dela, mas Nanda não quis. Era melhor seguir sozinha, como seria sua vida daí em diante, ela pensou, desiludida.

Ao chegar em casa, a mãe percebeu que a filha tinha chorado, apesar de Nanda ter passado reto da cozinha e corrido para o quarto.

Zaíra a seguiu.

– O que foi, filha?

Nanda nem tentou esconder. Abraçou-se à mãe e chorou copiosamente.

– Eu menti, mãe.

– Eu sei.

– Fui encontrar o Claudinho na praça e levei um tremendo fora.

A mãe se enterneceu.

– Você só tem 12 anos, Nanda; dê tempo ao tempo. Com certeza, na hora certa surgirá seu príncipe encantado. Quem sabe ele não está esconditinho bem perto de você?

Dizendo assim, a mãe voltou para a cozinha.

Que bom era ter Zaíra como mãe! Como podia ter pensado que não queria ser igual a ela?

Pensamentos embaralhados, Nanda também foi para a cozinha.

– Ainda tem massa de coxinha pra enrolar, mãe?

Queria ficar perto dela.

QUANDO ZACA ESTAVA PRESTES A COMPLETAR 32 ANOS

A família toda se esmerava para preparar a festa de Zaca.

As irmãs Zaíra e Zulma, ele sabia, fariam os melhores doces e salgados. Dona Terezinha fora incumbida de temperar as carnes para o churrasco. Seu Leocádio havia convidado um batalhão de gente. Além da família, que já era enorme, lembrara-se de chamar os colegas de faculdade, médicos do hospital onde Zaca trabalhava.

Os sobrinhos haviam passado a semana toda enviando mensagens para o tio, pelo celular, no grupo "família".

Nanda, sua única sobrinha, que ele queria como filha, o havia convidado para uma entrevista especial no colégio porque o admirava demais.

Será que ele merecia tudo aquilo?, Zaca se perguntava, em seu consultório, após atender ao último paciente.

Já tinha feito tanta coisa errada por causa da bebida. Apesar de tudo, estava ali, respeitado como cirurgião, com o consultório sempre lotado. Mas, desde o dia em que quase feriu um paciente ao tentar extrair uma bala, sentia-se inseguro cada vez que entrava na sala de cirurgia para operar. Não podia mais contar com a destreza e a precisão exigidas em uma cirurgia.

Zaca sabia que a bebida era a culpada disso.

Decidido, pegou sua maleta e foi embora.

Cruzou a rua onde ficava o edifício do seu consultório e entrou numa farmácia. Pediu ao farmacêutico um remédio usado para enxaqueca e distúrbios alimentares, sobre o qual diziam ser capaz de reduzir a vontade de beber. Ia tentar.

Por que se internar, como queriam os irmãos? Ele era médico. Era forte. Precisava ter força de vontade. Ia provar a todos que podia se livrar do vício sozinho.

Foi para casa feliz.

O dia seguinte, sábado, seria o dia do seu aniversário, da sua festa. Bem cedo, passaria visita aos pacientes. Depois, só alegria: ele, a família e os amigos.

9
A FESTA DE ZACA

SÁBADO

O SÁBADO AMANHECEU AGITADO na casa de Nanda, que despertou com a gritaria do irmão. Motivo: ele queria ir para a festa do tio com a bota do Super-Homem.

Por mais que Zaíra ponderasse que ele ainda estava com curativos nos pés, que a bota iria machucar, Pedrinho continuava sua ladainha.

A mãe irritou-se, pondo um ponto-final na manha do menino. Ele iria de chinelinho de borracha, e estava acabado.

Pedrinho, acuado, começou a soluçar, até que o pai apareceu e perguntou a Zaíra se podia ir à festa do cunhado com seu chinelo de borracha. Percebendo a intenção do marido, Zaíra concordou. Disse que estava calor, e chinelo de borracha era tudo de bom. Pedrinho calou o choro, olhou para Pedro e desistiu da bota. Queria ir igual ao pai. Problema resolvido.

Enquanto isso acontecia, Nanda, que ainda não saíra do quarto, falava ao celular com Cíntia.

– Então, amiga, não rolou.
– Mentira! Tá brincando?

— Seríssimo.

E Nanda contou todas as peripécias acontecidas na praça entre ela e Claudinho, no dia anterior.

— Um horror, Cíntia.

— Ai que exagero, Nanda! — exclamou Cíntia, compungida.

— Você não sabe o que é amar e não ser correspondida, amiga.

Conversa vai, conversa vem, Zaíra olhou o relógio e decidiu chamar a filha.

— Nanda, larga desse telefone! Que coisa! Logo cedo!

A mãe já estava estressada, Nanda logo percebeu. Era melhor não demorar. Despediu-se de Cíntia e foi para o banheiro.

Com a boca cheia de creme dental, ouviu o "ploin" de entrada de mensagem no seu celular.

Angélica
Larga de gralhar no cel com outra pessoa! Me liga!

Nanda deu risada. Enxaguou a boca e ligou para a amiga.

O assunto era o mesmo: o encontro com Claudinho.

— Ai, amiga, tô um trapo humano. Hiper, top, mega, super, blaster arrasada.

E por aí foi a conversa, até que Zaíra entrou no quarto.

— Desculpe, mas bater na porta não resolve. Saia já do quarto, largue do telefone e use a boca para tomar seu café. Daqui a pouco vamos pra casa da vovó.

Só naquele momento Nanda pareceu se lembrar da festa de aniversário do tio.

— Angélica, tenho que desligar. Vou pro níver do meu tio.

— Aquele que a gente vai entrevistar?

— Isso. Tô preocupada com ele. Outro dia passou mal no consultório. Trabalha demais.

— A nossa entrevista vai ser show de bola. *The best one*. Afinal, seu tio é superjovem e bem-sucedido. Um exemplo mesmo.

Feliz com o comentário de Angélica, Nanda se apressou para a cozinha, onde a mãe terminava de arranjar uns salgados na geladeira de isopor.

— Até que enfim! – Zaíra comentou.

— Meu coração ainda tá partido, viu, mãe?

Zaíra largou da geladeira e abraçou a filha.

— Te amo, Nanda. Conte comigo sempre.

Com o coração reconfortado, ela tomou seu café e acompanhou os pais e Pedrinho a caminho da festa do tio.

...

Zaca havia acordado com a cabeça pesada naquela manhã. Dona Terezinha se preocupou.

— Toma um café reforçado, filho. Às vezes, o estômago vazio dá dor de cabeça.

— Tô completamente sem fome, mãe. Ontem fiz uma cirurgia que levou sete horas. Fiquei muito cansado. Deve ter sido isso.

— Mas não vou deixar você sair pra visitar os doentes sem comer nada; ainda mais no dia do seu aniversário – disse a mãe, dando muitos beijos nele.

E quando dona Terezinha invocava com alguma coisa, era melhor obedecer.

Zaca tomou uns goles de café preto com um pedaço de bolo de limão. Beijou a mãe e saiu.

No espaçoso quintal da casa, viu o pai preparando a churrasqueira.

— Parabéns, meu filho! Que você seja sempre muito feliz – disse seu Leocádio.

— Volto logo, paizão. Prepara uma bela picanha pra mim.

Zaca chegou ao hospital bem-humorado. A dor de cabeça passara. Um a um, o médico observou os pacientes.

– Que beleza! Gostei de ver! Melhorando dia a dia, hein? – ia dizendo ele, animando os doentes.

Ao terminar o trabalho, Zaca estava tão feliz que teve vontade de tomar um aperitivo para comemorar. Um só não ia fazer mal. Antes de beber, porém, lembrou-se de tomar o tal remédio para enxaqueca, suposto inibidor de vontade de beber. Pensando em sua festa de aniversário, na qual certamente beberia, tomou logo dois comprimidos.

...

Quando Zaíra, Pedro e os filhos chegaram à casa de dona Terezinha e seu Leocádio, o quintal já estava todo enfeitado com balões coloridos e bandeirinhas. Seu Leocádio havia acendido a churrasqueira e dona Terezinha terminava de temperar as carnes.

Uma enorme madeira, apoiada em três cavaletes, estava forrada com papel verde, cor da medicina. Nela seriam colocados o bolo e os docinhos.

Não tardou muito, os outros filhos e netos chegaram. Então a festa realmente começou. Criançada correndo daqui e dali para alegria dos avós.

Nanda fez questão de ajudar a mãe e as tias a arrumar a mesa dos doces. O bolo ficaria na geladeira até a hora dos parabéns. Estava lindo, com a foto de Zaca, vestido de médico, estampada em cima.

Como os avós estavam felizes!, Nanda pensou. Por outro lado, ela estava triste por causa do fora do Claudinho. Imagine se ia dar bola pro Chiquinho! Garotinho sem graça. Da idade dela. Nada a ver. Uma ideia lhe passou pela cabeça: mais tarde, quando a festa acabasse, ia se abrir com o tio. Contar tudo sobre seu infortúnio para ele. Com certeza, e como sempre, Zaca teria algo bom para lhe dizer.

O tempo foi passando, os convidados chegando, e nada de o aniversariante aparecer. Seu Leocádio e os filhos começaram a servir o churrasco e as bebidas. Já era tarde, e os convidados estavam famintos.

Zaíra e os irmãos se preocuparam.

– Vou ligar pro Zaca – decidiu Zildério. – Tomara que aquele maluco não tenha tomado um pileque!

Dizendo assim, Zildério entrou na casa e telefonou. Ao voltar para o quintal, tranquilizou os irmãos:

– Falei com ele. Disse que já está vindo.

– Tá tudo bem? – perguntou Zaíra.

– Parece que sim. Mas estava falando mole – respondeu Zildério, voltando a ajudar o pai com as carnes.

Não demorou muito, parou um táxi em frente à casa. Dele desceu Zaca.

Pedro, que chegava com mais um saco de carvão, estranhou.

– Cadê seu carro, Zaca?

– Xiiiiii! Deu um rolo danado – disse ele, dando risada.

Zildério e Zeus apareceram no portão.

– Que rolo? – perguntou Zeus.

– Tomei um remédio contra enxaqueca, fiquei meio tonto e um policial me parou. Fez o teste do bafômetro, e eu me estrepei – explicou Zaca.

– E desde quando remédio tem a ver com bafômetro? – disse Zildério, irritado. – Você, como sempre, deve ter tomado umas, não, Zacarias?

Esse comentário desgostou o irmão.

– Tinha tomado só um aperitivo e o remédio. Tive muito azar de a polícia me pegar e apreender meu carro. Daí fui a um bar e enchi o caneco de cerveja de tanto ódio. O que é que você tem a ver com isso, Zildério?

Por causa do bate-boca no portão, um grupo de convidados rodeou Zaca. Dona Terezinha, pedindo licença, abraçou a cintura do filho e foi indo com ele para dentro. Ao passarem pelo quintal, todo mundo parou de falar e ficou olhando para eles.

Nanda seguiu a avó e o tio para dentro da casa e o viu vomitar na sala. Viu também que a avó chorava.

Zaíra entrou na sala bem no momento em que Nanda, olhos espantados, via o tio e a avó sumirem pelo corredor dos quartos. Ali estava mais uma oportunidade de contar tudo para a filha, acabar com aquele segredo. Mas era festa. A festa de Zaca. Não seria justo falar mal dele.

– Vem, filha, vamos lá pra fora – foi só o que Zaíra conseguiu dizer.

– O que há com o tio Zaca, mãe? Por que tanto segredo?

– Não tem segredo nenhum, querida. Seu tio trabalha demais, dorme de menos e come mal. Dá nisso.

Sem ser convencida, Nanda acompanhou a mãe para o quintal.

O churrasco transcorreu animado, mas sem o aniversariante, que pegou no sono assim que deitou em sua cama.

Preocupada com o tio e magoada com o caso Claudinho, Nanda ficou isolada em um canto do quintal. De vez em quando dava uma circulada para ouvir o que as pessoas conversavam. Numa dessas vezes, ouviu dois médicos, colegas de trabalho de Zaca, falando dele.

– A coisa pode feder feio pro lado do Zaca lá no hospital – disse um.

– Não sei como ainda não fedeu – disse outro.

A que estariam se referindo?, perguntou-se Nanda.

Mais adiante, pôde ouvir o que a tia Zulma conversava com a irmã Zuleica.

– Dá até nojo deixar as crianças beijarem o Zaca – disse Zulma.
– Coitado! – condoeu-se a irmã.

Do que as tias estariam falando?

Por volta das 4 horas da tarde quando Zaca finalmente apareceu na própria festa, seu Leocádio convidou a todos para cantarem o "Parabéns a você".

Zaíra acendeu as velinhas de números três e dois, colocadas sobre o lindo e caprichado bolo do irmão.

Já bem-disposto, Zaca agradeceu, comovido. Abraçou todo mundo e comemorou tomando refrigerante.

Nanda esperou sua vez de beijar o tio. Queria que fosse o mais amoroso beijo que já havia dado nele.

Zaca abraçou a sobrinha, envaidecido.

– Não conta pra ninguém, Nanda, mas você é minha predileta – disse, feliz.

Nanda não falou nada. Ao beijar o tio, algo havia chamado sua atenção: um cheiro estranho vindo de sua boca. O mesmo cheiro que sentira ao abraçá-lo, no consultório, naquela tarde em que Pedrinho queimara os pés. Parecia cheiro de álcool. Mas não podia ser. Naquele dia, o tio estava trabalhando, e agora o tinha visto comemorar com refrigerante.

Apesar de tudo, a festa de aniversário de Zaca tinha transcorrido bem. Os convidados foram, aos poucos, deixando a casa, e os filhos, genros e noras se uniram para limpar toda a bagunça.

Nanda procurou pelo tio. Aquela era a hora própria para contar a ele o seu segredo.

A avó disse que ele via televisão em seu quarto. Nanda bateu na porta, e Zaca pediu que ela entrasse. Encontrou-o deitado na cama.

– O que preocupa esse coraçãozinho do tio?

Nanda recostou a cabeça no peito dele.

– Queria contar uma coisa pra você. Uma coisa que só minha mãe e minhas duas melhores amigas sabem. Mas...

Zaca agradou os cabelos dela.

– Minha linda, que mas? Mas o quê?

– Mas tem uma coisa mais séria, do que eu ia te contar, acontecendo.

– E o que é?

– Você, tio Zaca.

O tio, engolindo em seco, sentou na cama.

– Eu? Mas o que foi que eu fiz?

– Sei lá! Anda passando mal. Desanimado. Diz pra todo mundo que vai se cuidar e não se cuida. Não quero ficar sem você, tio Zaca.

Os olhos dele marejaram. Como aquela sobrinha podia amá-lo tanto? Será que não fazia ideia de quanto ele era torpe? O quanto era fraco?

– Eu é que não quero ficar sem você, Nandinha – disse, beijando a testa da sobrinha. – Quando estou do seu lado, parece que tudo é bom, que não há nada errado no mundo. Não se preocupe que já estou me tratando.

– Sério, tio? – empolgou-se Nanda.

– Seríssimo. Fui ao médico e já estou tomando um remédio – mentiu. – Também decidi tirar umas férias, descansar, dormir e comer bem.

Nanda ficou felicíssima com a explicação do tio.

– Sendo assim, vou te contar a outra coisa que aconteceu e me deixou super, hiper, mega *down*.

Zaca voltou a se recostar na cama.

– Então conte, minha linda.

Nanda falou por uns 20 minutos. Contou toda a história dela com o Claudinho; desde o bilhete até o fora que tinha levado. No final do relato, ao se recordar de tudo, começou a chorar.

– Doeu demais – disse, às lágrimas. – O que acha que eu devo fazer pra esquecer esse amor, tio Zaca?

E o tio respondeu com um ronco alto. Dormia. Nada do que ela dissera ele tinha ouvido. Nanda o olhou desapontada. Queria tanto a opinião dele, o aconchego dele. No entanto, logo afastou esses pensamentos. O tio devia estar exausto mesmo. Não era justo se aborrecer. No dia seguinte, telefonaria. Quem sabe pudessem conversar.

Beijou a testa de Zaca, saiu do quarto e apagou a luz.

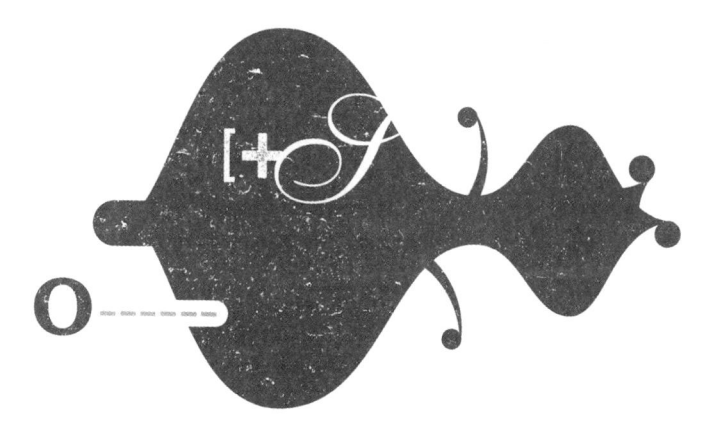

10
DOMINGO CINZENTO

NANDA ACORDOU COM O BARULHO do celular. Mensagem àquela hora da manhã, em pleno domingo?, pensou.

Angélica
E aí, garota?

Nanda
E aí o quê?

Mediante a resposta evasiva da amiga, Angélica ligou.
– Como "E aí o quê", Nanda? Quero saber como você tá, se o Claudinho se comunicou, se o Chiquinho...
– Ai, nem me fale em Chiquinho, Angélica! – interrompeu Nanda, furiosa.
– Tô com a cabeça cheia de dúvidas e não quero me irritar.
– Que dúvidas? Resolveu não gostar mais do Claudinho? Ah! Mas eu acho que você faz muito bem viu, Nanda. Ontem mesmo vi ele e a ex de mãos dadas e trocando beijinhos. Pelo visto voltaram. Eu acho...

— Chega, Angélica! — berrou Nanda. — Não quero saber do Claudinho.

A amiga pediu desculpas.

— O que vai fazer hoje?

— Nada! — disse Nanda. — Minha vontade é continuar debaixo das cobertas e só sair amanhã.

— Credo! Nem o níver do seu tio levantou seu humor?

— Nem me fale do churras de ontem, Angélica! Meu tio chegou do hospital passando mal, dormiu a tarde toda e só apareceu na hora do parabéns.

— Mentira!

E a conversa das duas amigas foi se estendendo, até que Zaíra abriu uma nesga da porta do quarto da filha para dar um bom-dia.

Nanda mandou um beijo para a mãe.

— Preciso desligar, Angélica.

— Pera aí! Já que não vai fazer nada, por que não vem pra cá de tarde? A gente toma um licorzinho e conversa.

— Vou ver. Depois te ligo.

Zaíra sentou na cama da filha, e Nanda deitou a cabeça no colo dela.

— Está menos tristinha, filha?

— Não, mãe.

A mãe acariciou o cabelo de Nanda.

— Ontem, no churrasco, percebi que você estava caidinha.

— Claro, né, mãe! Depois de sonhar anos com uma pessoa e, em cinco minutos, ver o sonho acabar, não é fácil.

— Anos? Mas você me disse que foi este ano que descobriu gostar do Claudinho...

Nanda se levantou.

— É. Foi este ano. Então faz meses. Pronto. Tá satisfeita, mãe?

Zaíra percebeu que a filha não queria conversar. Levantou-se também da cama e saiu do quarto. Alguns minutos depois voltou com uma bandeja de café da manhã.

– Pra começar este domingo cinzento, que tal café na cama?

Nanda ficou feliz. Beijou a mãe e pediu desculpas pela grosseria.

Enquanto comia, tocou no assunto do tio.

– Fiquei com pena do tio Zaca, mãe. Não pôde nem curtir o churras do próprio níver, que tanto esperou.

O sangue de Zaíra ferveu.

– Não curtiu porque não quis, não porque não pôde – e fez menção de sair do quarto.

– Espera, mamis!

A mãe estacou.

– Sabe que, depois da festa, fui conversar com ele? Cheguei a contar todo o segredo do meu amor pelo Claudinho.

– E ele? – quis saber Zaíra.

– Dormiu no meio do papo e não ouviu nada. Fiquei falando sozinha.

– Quer saber, Fernanda, ainda bem que ele dormiu; senão era capaz de te falar um monte de bobagens. Agora vou aproveitar que seu pai saiu com o Pedrinho e fazer meu almoço sossegada.

Nanda voltara a se espantar com o comentário da mãe em relação ao tio. Por que ela achava que ele poderia lhe dizer um monte de bobagens?

Quantas perguntas, quantas dúvidas. Decidiu aceitar o convite da amiga. Então digitou no celular:

Nanda
Às três tá bom?

E logo recebeu a resposta.

Angélica
Super.

No horário marcado, Nanda tocou a campainha da casa de Angélica. Levava nos ouvidos as recomendações do pai e da mãe: que tomasse o licor, mas não se esquecesse de que aquilo era uma prática que podia viciar: um dia licor sem álcool, depois com álcool e...

"Meus pais confiam em mim desconfiando", pensou Nanda, mas ela estava feliz por eles se preocuparem assim com ela.

Ao entrar na casa da amiga, também encontrou Cíntia.

– O quarteto fantástico reunido de novo – disse ela.

– Quarteto? Eu só tô vendo três – disse Nanda.

– Tudo bem. Mas valemos por quatro – divertiu-se Cíntia.

E as três amigas conversaram muito. Nanda falou do Claudinho, do tio que a preocupava. Chorou. Soluçou. Até que Cíntia disse:

– Olha, Nanda, quando a Angélica me ligou dizendo que você vinha aqui, eu fiz de tudo pra vir também. Fui almoçar na casa dos meus avós e me pendurei na orelha do meu pai para ele me trazer aqui. Meus avós moram do outro lado da cidade. Meu pai ficou super, hiper, master...

– Fala logo, Cíntia! – interrompeu Angélica.

– Bom, é o seguinte: eu tenho um bilhete pra te entregar.

O coração de Nanda disparou. Seus joelhos, como sempre, começaram a tremer.

– É do Claudinho?

As amigas não responderam.

– Toma, lê aí! – disse Cíntia, entregando o bilhete.

Querida Nanda,
Tô sabendo que você gosta do meu irmão. Morri. Fiquei acabado. Mas ele me disse que o caminho tava livre, já que ele voltou com a Biluca. Por isso te escrevi e pedi pra Cíntia entregar. Queria dizer pessoalmente, mas não rolou. Amarelei. O caso é que meu coração é teu; e faz tempo, viu?! Você é a garota mais bonita do país, do estado, da cidade, do bairro, do colégio. Se me der uma chance, vou ser um cara master feliz.
Um beijo do seu Francisco (Chiquinho)

Nanda teve vontade de rasgar o bilhete; mas acabou amassando e guardando no bolso da calça jeans.

Cíntia e Angélica ficaram esperando o comentário da amiga. Como ela nada dizia, Angélica quebrou o silêncio.

– E aí, Nanda?

– E aí que esse Frrrrrrancisco – disse Nanda, pilheriando o nome do garoto – é um bobalhão. Tá preocupado só em ser master feliz. E eu? Não conto? Imagine escrever bilhete! Por que não falou comigo?

As duas amigas olharam-se, incrédulas.

– Por acaso você também não escreveu um bilhete pro Claudinho? – revoltou-se Cíntia.

Nanda ficou sem graça.

– É diferente.

– Diferente coisa nenhuma! – disse Angélica. – O Chiquinho foi sincero, ué!

– Não me interessa a mínima! – disse Nanda, levantando da poltrona do quarto da amiga. – Vou indo. Não tô gostando nada do rumo dessa conversa.

– Pera aí, Nanda! – pediu Angélica. – Toma mais um licorzinho pra relaxar.

Nanda se lembrou da conversa que tivera com os pais sobre o alcoolismo.

– Tudo bem que sua mãe é quem faz o licor, Angélica, que não tem álcool, mas você falou como se tivesse. A gente tem mil jeitos de relaxar, não precisa ser com bebida. Toma cuidado!

Dizendo assim, beijou as amigas e foi embora. Era melhor estar em casa.

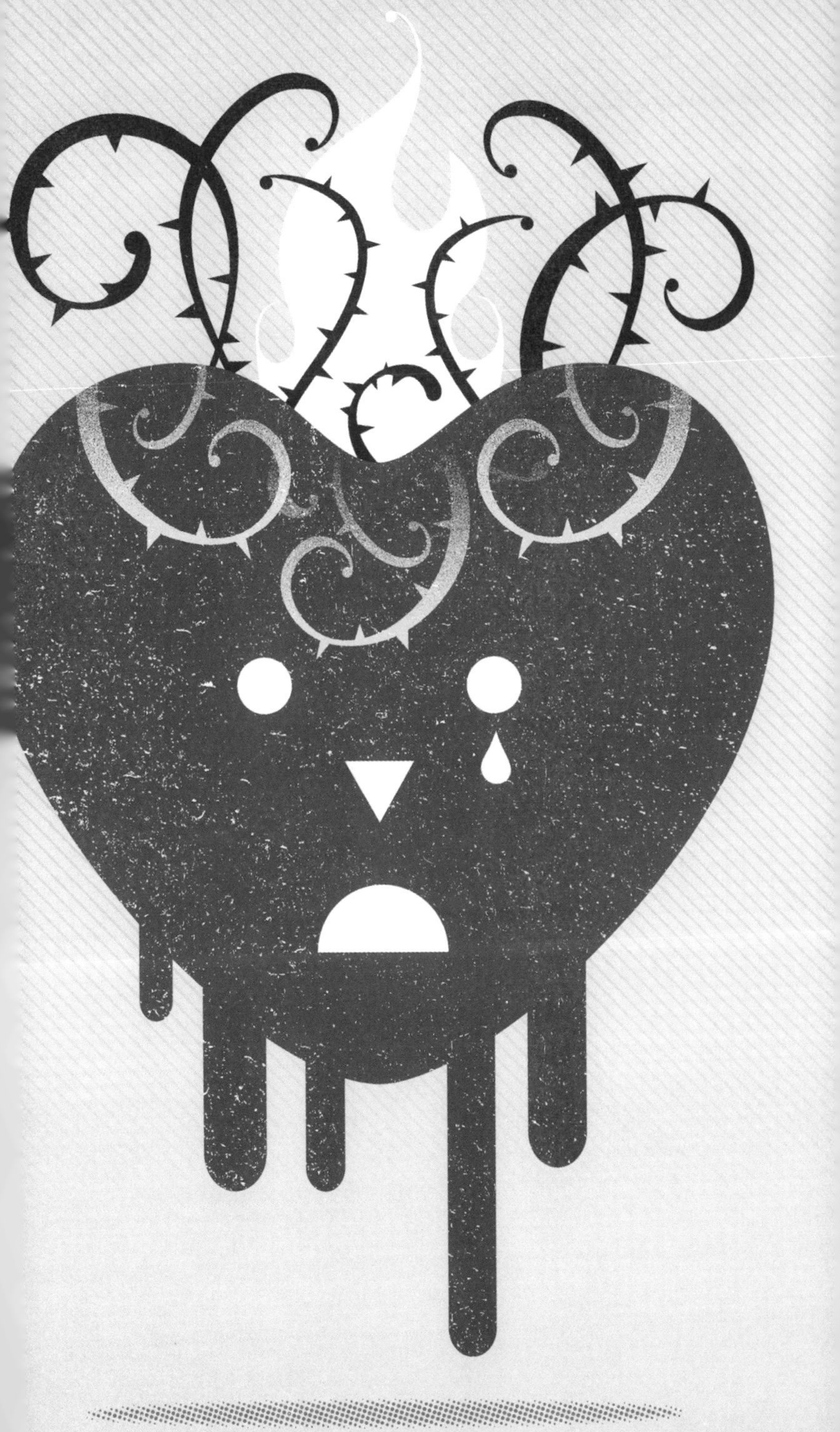

11
SEMANA DAS PROFISSÕES

UMA NOVA SEMANA ESCOLAR COMEÇAVA. Semana das Profissões. De segunda a sexta, cada grupo levaria um profissional de áreas diferentes para ser entrevistado. A entrevista com o dr. Zacarias Lopes seria na quarta-feira.

Na segunda-feira, Nanda precisou do apoio de Cíntia e Angélica para não cair no choro ao ver Claudinho olhando para a Biluca no intervalo das aulas.

Chiquinho, por sua vez, seguiu Nanda o tempo todo, atrás de alguma resposta. Como ela fingisse não vê-lo, chamou Cíntia de lado para saber se ela havia entregado o bilhete.

Cíntia confirmou, dizendo que era para ele ter paciência. Que ninguém amava uma pessoa num dia e outra no dia seguinte. Que Nanda precisava de tempo etc.

Mas Chiquinho não aguentou. Comprou uma empada, na cantina, e foi levar para Nanda. Ela odiou. Não gostava de coisa gordurosa nem estava com fome. Tinha lido o bilhete, mas não estava interessada nele.

O garoto, desapontado, comeu a empada, depois escreveu no guardanapo:

A empadinha teria ficado bem mais feliz se tivesse ido para a sua barriguinha.

E entregou para Nanda, que rasgou o papel e jogou no lixo.

Depois do intervalo assistiram à entrevista de uma ex--empregada doméstica, agora formada em Direito.

A terça-feira chegou, e o coração de Nanda parecia menos ferido. Chiquinho investiu de novo, e as amigas continuavam torcendo por ele. O entrevistado foi um ex-gari que, de tanto achar livros no lixo – e ler todos –, tornou-se um romancista.

E a quarta-feira tão esperada por Nanda enfim chegou. O dia em que os sétimos anos, A e B, conheceriam a história de Zaca.

A entrevista estava marcada para as 10 horas da manhã, logo após o intervalo das aulas.

O anfiteatro do colégio permanecia impecavelmente limpo. Duas confortáveis poltronas estavam dispostas no palco: uma para o entrevistado e a outra para o entrevistador. No meio das poltronas, uma mesinha acomodava dois copos de água e dois microfones. Na entrada do recinto, uma faixa dizia: "Seja bem-vindo, dr. Zacarias Lopes".

Quando Nanda chegou ao local e viu a faixa, seu coração conseguiu apagar a imagem do Claudinho. Só teve lugar para o tio Zaca.

As três amigas inseparáveis sentaram-se em cadeiras contíguas.

Chiquinho, que era do sexto B, deu um jeito de ficar próximo também.

SEGREDOS

O horário da entrevista chegou. A professora de português, organizadora da Semana das Profissões, a diretora do colégio e a orientadora pedagógica aguardavam a chegada do entrevistado.

O relógio do anfiteatro marcou dez e meia... quinze para as onze, e nada de Zaca chegar.

A professora foi falar com Nanda. Saber se o tio havia se comunicado pelo celular, dito alguma coisa sobre o atraso.

A diretora, que tinha outro compromisso, teve que se retirar. Os alunos começaram a se remexer nas cadeiras, a levantar do lugar, a jogar nos celulares.

Só quando o relógio marcou onze e quinze Zaca apareceu.

A professora subiu ao palco e anunciou:

– É com muita honra que recebemos em nosso colégio o dr. Zacarias Lopes, médico-cirurgião e tio de Fernanda Lopes Coutinho, aluna do sétimo ano A.

Os alunos se levantaram para aplaudir. Nanda, então, nem se fale! Aplaudiu Zaca com toda ênfase.

E ele entrou no teatro com uma aparência horrível. Barba por fazer, roupa amassada, camisa para fora da calça. Quase caiu ao subir os três degraus que separavam a plateia do palco. A professora precisou ajudá-lo.

Já no palco, e antes que a professora falasse alguma coisa, Zaca levantou os braços e gritou:

– Viva eu!

Os alunos, descontraídos, deram risada.

– Seu tio é um fofo – disse Cíntia.

Mas o coração de Nanda sinalizava outra coisa.

Zaca sentou-se em uma das poltronas.

A professora de português sentou-se na outra poltrona e pegou o microfone.

— É com um prazer enorme que recebemos o senhor, dr. Zacarias.

— Zaca, pros íntimos — ele disse, divertindo-se.

A professora deu um sorrisinho e prosseguiu.

— Certamente o senhor teve alguma cirurgia importante que o atrasou, não foi? — perguntou ela, visto que Zaca nem havia se desculpado.

Mas ele não respondeu. Pelo contrário, olhou para ela e fez um galanteio.

— Se eu soubesse que você era assim... tão bonita, tinha vindo antes.

A professora ficou vermelha e foi logo começando a entrevista.

— Vou fazer umas perguntas básicas, depois passar para os alunos. Há muitas coisas que eles querem perguntar. Sabemos que o senhor foi menino pobre e sempre estudou em escola pública. Mesmo assim, conseguiu entrar em Medicina, numa faculdade federal, no primeiro vestibular que prestou. Poderia falar um pouco sobre isso?

Então a professora passou o microfone para Zaca.

Ele olhou bem o aparelho, depois, cambaleante, levantou-se e foi puxando o fio. Sua intenção era sentar-se no chão, bem em frente ao público.

Porém o fio do microfone era mais curto, e Zaca, sendo puxado para trás, caiu sentado no chão.

A professora levantou-se para ajudá-lo. Mas ele recusou. Ao contrário, puxou-a para o chão e fez com que ela sentasse também.

Os alunos assobiaram e bateram palmas.

— Assim é bem melhor. Olho no olho dos alunos. Afinal, quem somos eu e você — disse para a professora — pra ficarmos em cima de um palco, acima dos alunos.

Ali no chão, bem perto de Zaca, a professora sentiu o cheiro de bebida.

Discretamente, antes que algo pior acontecesse, levantou-se e pediu que o fotógrafo do colégio subisse ao palco para ajudar Zaca a se levantar também.

Mas, quando ele percebeu isso, ficou furioso.

– Eu quero falar com os alunos aqui no chão.

Bem baixinho, para não ferir os sentimentos de Nanda, a professora disse ao ouvido de Zaca:

– Desculpe, dr. Zacarias, mas o senhor não está em condições de dar entrevista.

Zaca foi de joelhos até a mesinha e se apoiou para levantar sozinho.

Com isso, os copos de água caíram.

A garotada, já ciente de que o entrevistado estava bêbado, começou a fazer algazarra.

Um nó se apossou da garganta de Nanda.

Angélica perguntou a ela:

– Seu tio bebe?

Mil lembranças assaltaram a cabeça de Nanda naquela hora: os comentários dos dois médicos no aniversário do tio; a secretária remarcando as consultas, dizendo que o médico não se sentia bem. A mãe sempre de pé atrás com o irmão, dizendo que não ia fazer bombom de licor. Uma vez ouvira-a comentando com o pai sobre um erro que Zaca, por pouco, não cometera em uma cirurgia. O tio chegando cambaleante no dia do churrasco. A avó chorando. E o cheiro da sua boca. Era de álcool. Agora Nanda tinha certeza.

As tias estavam certas: o cheiro que vinha da boca de Zaca era nojento. Tantas evidências! Como ela nunca tinha desconfiado? Ou tinha, mas não queria acreditar.

Um grito do tio veio interromper os pensamentos de Nanda.

– Eu exijo ser entrevistado! Vim aqui pra isso. Interrompi meu porre pra vir aqui nessa xaropada e não saio sem a entrevista.

O segurança da escola e o fotógrafo acabaram por tirar Zaca do palco à força.

A professora, atordoada, dispensou os alunos, pedindo que retornassem às suas classes e aguardassem o sinal para o término das aulas. O dr. Zacarias não estava se sentindo bem. Voltaria em outra ocasião.

Angélica e Cíntia ficaram preocupadas.

– Ai, amiga, como seu tio foi fazer isso com a gente? Será que vamos tirar zero no trabalho? – disse Cíntia.

– Escuta aqui, ô! – disse Chiquinho, que havia corrido para perto de Nanda. – Em vez de tá preocupada com a Nanda tá com o trabalho? Sacanagem master, hein?

Cíntia e Angélica pediram desculpas.

Nanda levantou e saiu correndo para a classe, seguida por Chiquinho.

– Eu tô aqui, viu, Nanda?

Mas ela nem deu ouvidos. Pegou sua mochila e, antes mesmo de o sinal tocar, voou para o portão de saída, que já estava aberto. Sem que o segurança pudesse perceber, ganhou a rua. Numa corrida desabalada, chegou em casa e se trancou no quarto.

Zaíra, assustada, bateu na porta muitas vezes, até que decidiu respeitar o silêncio da filha.

Horas depois, quando já havia deixado Pedrinho na escola, Zaíra ouviu Nanda abrir a porta do quarto.

Entrou. Encontrou a filha com os olhos inchados de tanto chorar.

– Por que me esconderam esse segredo tão horroroso do tio Zaca, mãe? – disse ela, aos prantos.

Zaíra entendeu que algo muito sério havia acontecido. E Nanda contou tudo.

– Ele é um alcoólatra, mãe. Por isso você ficou tão desesperada quando eu falei do barzinho da Angélica, não foi? Mas meu tio não tinha o direito de fazer o que fez comigo. Tava todo mundo rindo dele. E eu que fiz questão que ele fosse entrevistado. A esta hora, a escola toda tá sabendo que meu tio bebe. Como vou encarar meus amigos amanhã? Eu odeio o tio Zaca! Odeio!

Zaíra abraçou a filha com todo o amor. Choraram juntas. Depois contou a ela tudo sobre a vida de Zaca. Ao término da conversa, Zaíra disse para a filha que não odiasse o tio. Era de ajuda que ele precisava. Ela mesma havia custado a entender isso. Todos da família e os amigos já haviam tentado ajudar Zaca, sem sucesso. Mas quem sabe ela, que o tio amava tanto, conseguisse.

Nanda se acalmou depois de ouvir a história da vida do tio. A mãe estava certa, ele precisava de ajuda, não de mais sermão. Zaca sempre fora o seu espelho. Agora partido. Mas sempre havia um jeito de colar coisas quebradas, pensou. Só precisava descobrir como.

12
O DIA SEGUINTE

NÃO FOI NADA FÁCIL PARA Nanda voltar ao colégio no dia seguinte. A história do entrevistado bêbado já havia se espalhado para os outros anos.

Quando Nanda chegou, Angélica a esperava. Logo depois, chegou Cíntia.

– Não liga, viu, Nanda – disse Angélica. – O que tão falando do seu tio entra por um ouvido e sai pelo outro, tá?

– Só que não, né, Angélica – disse Cíntia. – A Nanda adora o tio, como vai passar batido?

Nanda só ouvia. O sinal tocou, e ela foi para a sala de aula acompanhada pelas amigas, que continuavam a comentar sozinhas.

Ao colocar sua mochila na carteira, encontrou um bilhete de Chiquinho.

Não é mole, eu sei. Mas tô do seu lado, mesmo se não quiser.
Francisco.

Nanda dobrou o papelzinho e guardou na mochila.

Na hora do intervalo encontrou várias ligações perdidas de Zaca e uma mensagem de voz: "Minha linda Nanda, aqui é o tio Zaca. Deve estar em aula. Ligue pra mim, por favor, quando der. Te amo muito".

A raiva quis voltar ao coração dela, mas foi mais fraca que o amor que sentia por ele. Ligou. Falou com Zaca. Combinou que ele a pegaria em casa quando saísse do consultório.

O dia se arrastou. Nanda não via a hora de conversar com o tio.

Zaíra apoiou a atitude da filha. Fizera bem em afastar o ódio. Quem sabe Zaca a ouvisse. Iria ficar torcendo para que aquela conversa entre Nanda e o irmão mudasse o rumo da vida dele.

Eram 7 horas da noite quando Zaca buzinou na porta da casa da irmã.

Zaíra e Pedrinho saíram para acompanhar Nanda e cumprimentar Zaca.

Ele estava muito abatido, mas sóbrio. Beijou a irmã, o sobrinho e apertou Nanda contra o peito, demoradamente.

– O dia de hoje será um divisor de águas para mim, Zaíra – disse ele, olhos marejados. – Acredite em mim, por favor.

Zaíra também se comoveu.

– Quero acreditar, Zaca.

Nanda entrou no carro do tio e os dois saíram rumo a um restaurante.

Acomodados em uma mesa num canto do restaurante, Zaca desabafou.

– Nanda, nem precisava dizer, pois você viu, constatou, depois de tudo o que eu fiz ontem no seu colégio. Mas preciso falar. Quero ser honesto com você, minha linda. Eu sou um alcoólatra. Sou um doente dependente do álcool. Não consigo me livrar sozinho dessa doença horrível que está acabando com a minha vida e com a minha carreira médica.

Nanda ouvia o tio sem dizer nada.

E ele continuou. Disse que, havia muitos anos, os irmãos o alertavam sobre o vício. Zaíra, principalmente, sempre dizia coisas bonitas para ele, que se orgulhava dele, que queria ajudá-lo a vencer o álcool. Mas todo alcoólatra custa a aceitar que está doente. Acha que só bebe quando quer. Que se quiser parar, para. Mas não é assim. Ele, como outros dependentes, também nunca aceitou.

– Não sei se sabe como comecei a beber, Nanda.

– Sei sim, tio. Minha mãe me contou tudo, ontem, quando...

E o nó se instalou de novo na garganta dela.

Zaca percebeu. Apertou a mãozinha trêmula da sobrinha.

– Só ontem, depois que minha bebedeira passou, foi que me dei conta de que preciso de um tratamento, Nanda, pois magoei, feri uma das pessoas que mais amo na vida: você.

Nanda também apertou a mão do tio.

– Se você custou a aceitar que tava doente, eu também custei a aceitar que você bebia. Há muito tempo via e ouvia coisas estranhas sobre você, mas passava batido. Achava que tinha ouvido errado, visto errado. Mas só que desse jeito eu não tava te ajudando.

O tio cobriu o rosto com as mãos e começou a chorar.

– Eu não mereço esse amor que você me dá, Nandinha. Não posso ser seu ídolo. Não queira ser como eu.

– Mas eu quero, tio Zaca. Não é qualquer um que conta um segredo desses, que nem o seu, pra uma garota de 12 anos. Isso mostra quanto você é corajoso.

– Você me perdoa, Nanda?

– Não tenho nada pra perdoar, tio Zaca... Tenho pra esquecer. E só vou esquecer se você me prometer uma coisa.

– O que é? – o tio perguntou.

– Que vai se tratar.

– Eu prometo, Nanda.

– Mas não é dessas promessas que, minha mãe contou, você fez a vida toda pra todo mundo. É promessa pra cumprir mesmo. E eu quero ajudar você. Quem bebe tem que fazer o que pra deixar a dependência?

– Tem que se internar em uma clínica de recuperação. Desintoxicar-se da bebida, até o organismo se acostumar a funcionar bem sem o álcool – ele explicou.

– Então é isso que você tem que fazer – disse Nanda, decidida.

– E é o que vou fazer – confirmou o tio.

Assim, decisão tomada, os dois jantaram conversando sobre o futuro.

...

No dia em que Zaca, cumprindo a promessa feita, internou-se em uma clínica de recuperação, Nanda foi com os avós acompanhá-lo.

– Não fique com medo, tio Zaca. Eu vou estar aqui, neste mesmo lugar, te esperando quando ficar bom. Te amo – sussurrou, abraçando o tio.

– Também te amo, Nandinha. Me espera. Ainda vamos ter um consultório juntos.

Triste e feliz ao mesmo tempo, Nanda voltou para casa. Sabia que sentiria muita saudade de Zaca; por outro lado, ele ficaria bom. O espelho quebrado estava consertado.

À noite, no seu quarto, ao tirar a calça jeans, um papel amassado caiu do seu bolso. O bilhete de Chiquinho. O pensamento de Nanda voou até o dia da entrevista frustrada de Zaca, quando ele tanto a apoiara, e seguira na sua correria angustiada, querendo confortá-la.

Será que a mãe tinha acertado e o príncipe encantado estava mesmo escondidinho perto dela?

Instintivamente, Nanda pegou o bilhete e o apertou contra o peito. Francisco até que era um nome bem bonito, pensou, enternecida.

Todos os dias eram dias seguintes a outros, que podiam ser melhores. Era só querer. E tudo, mas tudo mesmo, ia dar certo!

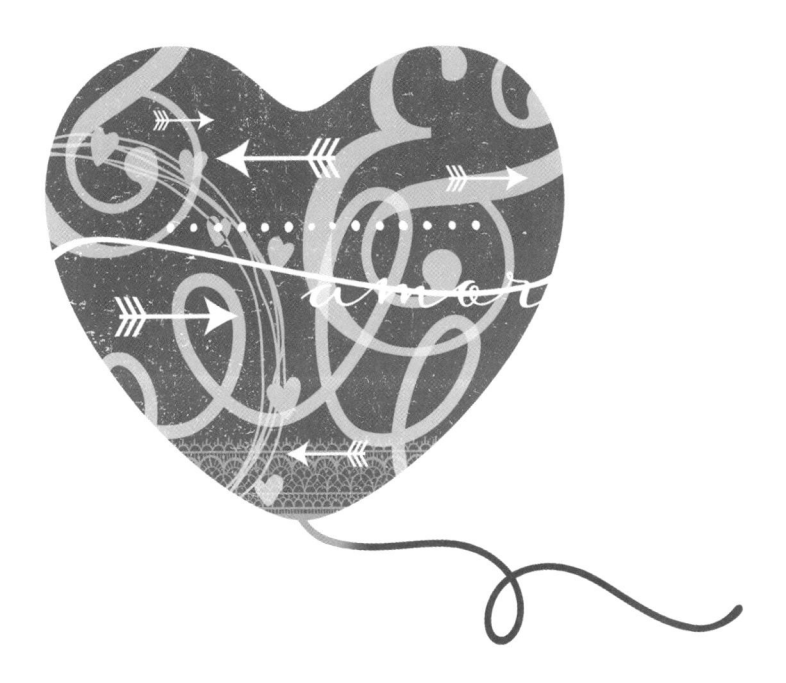

RAONI CARNEIRO

ELIANA MARTINS

Sou paulistana. E por ter vivido em uma grande capital, cruzei com muitos "tios Zacas" que, por um motivo ou outro, procuravam buscar ajuda na bebida. Felizmente, tive uma vida tranquila e sem álcool por perto. Assim pude seguir a carreira que quis: primeiro lecionar para crianças especiais, depois estudar psicologia e enveredar para a literatura, roteiros para televisão e peças de teatro infantil.

Hoje, com muitos livros publicados, alguns prêmios ganhos, como o Altamente Recomendável da FNLIJ, e outros entre os finalistas, como o Jabuti, sigo criando novas histórias e visitando escolas.

Escrever *Segredos* foi um presente para mim, por tratar de um assunto que, infelizmente, continua atual.

Se quiser saber mais a meu respeito, acesse:
www.eliana-martins.blogspot.com
Até lá!

Obra conforme o Acordo Ortográfico da Língua Portuguesa

© 2015 Eliana Martins
© 2015 Editora Melhoramentos Ltda.
Todos os direitos reservados.

CONSULTORIA dra. Lídia Rosenberg Aratangy
(psicóloga e terapeuta de casais e de família)
ILUSTRAÇÕES Walter Vasconcelos
PROJETO GRÁFICO E DIAGRAMAÇÃO Andreia Freire de Almeida

Dados Internacionais de Catalogação na Publicação (CIP)
(Câmara Brasileira do Livro, SP, Brasil)

Martins, Eliana
  Segredos / Eliana Martins; [ilustrações Walter Vasconcelos].
– 2. ed. – São Paulo: Editora Melhoramentos, 2019.

  ISBN 978-85-06-08715-2

  1. Literatura juvenil. I. Vasconcelos, Walter. II. Título.

19-29509   CDD 028.5

Índices para catálogo sistemático
1. Literatura juvenil 028.5

Cibele Maria Dias – Bibliotecária – CRB–8/9427

2.ª edição, novembro de 2019
ISBN 978-85-06-08715-2

ATENDIMENTO AO CONSUMIDOR
Caixa Postal 729 – CEP 01031-970
São Paulo – SP – Brasil
Tel.: (11) 3874-0880
www.editoramelhoramentos.com.br
sac@melhoramentos.com.br

Impresso no Brasil